Un gentleman de cœur

Chère lectrice,

En ce mois de février — un joli mois pour les amoureux —, je suis sûre que vous êtes impatiente de découvrir les nouveaux romans de la collection Horizon que j'ai spécialement sélectionnés pour vous. Que vous dévaliez les pistes de ski ou que vous vous trouviez bien au chaud devant une cheminée, vous allez partir à la rencontre de héros aussi attachants qu'émouvants...

Dans *Les vacances de l'amour* (n° 2049), deuxième volet de votre série « La magie de l'amour », vous ferez la connaissance du séduisant Dr Vargas qui, alors qu'il pensait passer des vacances tranquilles, va... tomber amoureux ! Dana Taylor, elle aussi, voit ses projets contrariés lorsqu'elle apprend, contre toute attente, qu'elle est enceinte... (*Le bonheur d'être maman*, n° 2050). Sans parler de l'expérience que va faire Tanner McConnell quand son regard va croiser pour la première fois celui de Lilian Stephen, dans *Un gentleman de cœur* (n° 2051). Enfin, dans *Un papa exemplaire* (n° 2052), vous verrez comment le cœur de Michael Gallagher, qui se croyait insensible à toute émotion, va chavirer pour la jolie Angela...

Bonne lecture et bonne Saint-Valentin!

La responsable de collection

SUSAN MEIER

Un gentleman de cœur

Éditions **Harlequin**

Cet ouvrage a été publié en langue anglaise
sous le titre :
MARRYING MONEY

Traduction française de
ANNIE LEGENDRE

HARLEQUIN®

est une marque déposée du Groupe Harlequin
et Horizon® est une marque déposée d'Harlequin S.A.

Originally published by SILHOUETTE BOOKS,
division of Harlequin Enterprises Ltd.
Toronto, Canada

© 2001, Linda Susan Meier. © 2006, Traduction française : Harlequin S.A.
83-85, boulevard Vincent-Auriol, 75013 PARIS — Tél. : 01 42 16 63 63
Service Lectrices — Tél. : 01 45 82 47 47
ISBN 2-280-14468-9 — ISSN 0993-4456

1.

— Je n'y crois pas ! Bon sang, qu'est-ce que je fiche ici ? marmonna Tanner McConnell en garant sa Mercedes dans le parking de l'église de la petite ville de Wilmore, en Virginie-Occidentale.

— Que dis-tu, mon chéri ?

Tanner toussota discrètement.

— **Rien, maman. Juste un chat dans la gorge...**

Par cette tiède soirée de juin, les premiers arrivés s'étaient assemblés en petits groupes entre les troncs énormes des chênes centenaires et les massifs de fleurs exubérantes. Les hommes, à l'étroit dans leur veste de costume et leur chemise blanche, avaient relâché leur nœud de cravate, tandis que leurs épouses, sanglées dans leur toilette, brillaient de tous leurs bijoux.

Comme Tanner faisait le tour de son véhicule

pour ouvrir la portière du côté passager, son père, bondissant de l'autre côté, le devança.

— Ne te laisse pas abuser par cette histoire de chat dans la gorge, dit Jim McConnell en aidant sa femme à mettre pied à terre. Ce que Tanner grommelait dans sa barbe, c'était qu'il n'arrivait pas à croire qu'il ait pu se laisser entraîner à ces petites réjouissances organisées par la ville pour fêter la fin de nos ennuis. Il se pense au-dessus de tout ça !

Il adressa un clin d'œil à son fils qui sourit.

Avec sa haute taille, ses cheveux blond cendré et ses yeux clairs, Tanner était la réplique de son père — lequel, à soixante ans, était encore mince et musclé comme à l'époque glorieuse de sa jeunesse où il entraînait son fils au football. Jim proclamait quant à lui que la mère de Tanner, Doris, était aussi belle qu'au jour de leur rencontre. En la regardant, vêtue de la robe de cocktail qu'elle s'était achetée lors d'un séjour à New York avec son fils quelques semaines plus tôt, ses cheveux auburn rassemblés dans un élégant chignon, avec juste assez de maquillage pour rehausser son teint de brune et accentuer l'éclat de ses yeux bruns, Tanner le croyait volontiers. Il avait toujours été fier de ses parents et fier de la jeunesse qu'il avait eue grâce à eux.

Simplement, il ne supportait plus l'ambiance étriquée et provinciale de Wilmore.

— Tu sais bien que ce n'est pas ça, protesta-t-il. Je n'apprécie pas particulièrement la perspective de revoir Emmalee, c'est tout.

— Je ne vois pas pourquoi. Cela fait des années que vous êtes divorcés ! dit Doris en rectifiant le nœud de cravate de son fils. Emmalee est mariée au maire, à présent. Elle a fait du chemin !

— Et c'est tant mieux, rétorqua Tanner avec un léger haussement d'épaules.

Alors que tous les hommes avaient revêtu un costume sombre, noir ou bleu marine, il ne se sentait pas déplacé avec sa veste de lin crème, sa chemise de soie de même teinte et son pantalon noir aux formes souples. Tous ses vêtements portaient la marque d'un grand couturier italien et il savait que les habitants de Wilmore l'apprécieraient à sa juste valeur. Maintenant qu'il avait réussi, il devait paraître ce qu'il était.

— Au cas où vous l'auriez oublié, ajouta-t-il, moi aussi, j'ai fait du chemin. Et je n'ai pas fini !

— Nous le savons parfaitement, mon chéri, dit sa mère sur ce ton paisible dont elle usait en cas de conflit. Tu es un ancien footballeur talentueux qui s'est fracturé le genou lors de son premier match professionnel et qui a utilisé sa prime de compensation pour monter une affaire de transport. Compagnie que tu as revendue plus d'un million de dollars. Nous n'avons pas oublié tout ça et nous sommes très fiers de toi. Mais…

Elle baissa un instant les yeux.

— Mais, reprit-elle, tu n'es pas marié…

— Et nous n'avons pas de petits-enfants, renchérit Jim, prenant sa femme par le bras et l'entraînant vers la salle commune de la paroisse qui bruissait déjà comme une ruche.

Tanner leur emboîta le pas avec un soupir.

— Ah ! Voilà où vous vouliez en venir… Vous m'avez entraîné ici en espérant que j'y rencontrerais la femme de ma vie.

— Rien de mieux que sa bonne ville natale pour y trouver un bon parti, décréta Jim en hochant la tête.

— Je connais au moins une quinzaine de jeunes femmes très bien sous tous les rapports et tout à fait désireuses de convoler en justes noces, ajouta Doris d'une voix égale.

Son calme regard brun signifiait clairement que, pour elle, se choisir une femme dans une assemblée paroissiale comme on fait ses courses au supermarché n'avait rien d'extraordinaire.

Tanner eut un œil noir pour son père.

— Inutile de me fusiller du regard, mon fils. Ta mère et moi sommes d'accord sur ce point.

Ils se frayèrent un chemin dans l'entrée, saluant les uns, plaisantant avec les autres, sans s'arrêter, jusqu'à une petite table installée devant la porte de la grande salle, derrière laquelle une jeune femme blonde distribuait les tickets.

Vêtue d'une robe droite en taffetas bleu nuit ornée de sequins d'argent, avec boucles d'oreilles et collier assortis, elle aurait paru davantage à sa place sur une couverture de magazine de mode qu'à l'accueil d'un repas communautaire dans une modeste paroisse des Appalaches.

— Bonsoir, madame McConnell... Bonsoir monsieur... Et... N'est-ce pas Tanner ?

La voix de la jeune femme était douce et mélodieuse ; si les nuances mauves de ses yeux évoquaient un simple et frais bouquet de violettes, d'iris et de pensées, son abondante chevelure

11

blonde, disciplinée en un savant chignon, lui conférait un air de déesse grecque, plein de majesté : un mélange de force et de grâce, bref, une beauté achevée.

Comme ensorcelé, Tanner se figea.

— Tu te souviens de Lilian Stephen ? s'enquit sa mère. Elle vient de monter un institut de beauté à Wilmore.

Tanner sourit. Eh ! Qui d'autre qu'une esthéticienne pouvait donner à sa coiffure le raffinement d'une œuvre d'art ?

— Je suis confus... Je ne me souviens pas de vous, dit-il en tendant la main à la jeune femme.

Tout à coup, il était ravi de s'être laissé entraîner dans cette soirée de patronage...

Elle mit sa petite main fluide et douce dans la large paume de Tanner et celui-ci eut la nette impression que son cœur s'arrêtait de battre.

Médusé, perplexe, il plongea son regard dans le beau regard violet... Habitué à voir toutes les femmes à ses pieds, certaines à cause de son argent, d'autres à cause de sa prestance physique, Tanner avait perdu l'habitude de réagir spontanément à la beauté d'une femme, d'éprouver cette vague de chaleur... Et il s'apercevait qu'il aimait cette sensation, et qu'il aurait voulu qu'elle dure toujours.

— Cela ne m'étonne pas. Je ne m'attendais pas à ce que vous vous rappeliez mon nom, dit Lilian en lui souriant — non comme une femme qui aurait voulu le séduire mais d'égal à égal.

Encore un bon point pour elle. Décidément, cette femme lui plaisait. Elle lui avait plu d'instinct. Pas seulement à cause de sa beauté mais parce qu'il avait compris tout de suite que si elle parvenait à l'apprécier un jour, ce serait pour ce qu'il était.

— Je suis un peu plus jeune que vous, ajouta la jeune femme. Je rentrais probablement tout juste au lycée quand vous avez quitté la ville.

Avant que Tanner ait commencé à faire ses comptes, ce qui l'aurait peut-être amené à penser qu'elle était trop jeune pour lui, son père, qui fouillait ses poches depuis un instant, jura dans sa barbe.

— Zut ! J'ai oublié nos tickets.

— Ce n'est pas grave. Vos noms sont sur la liste. Pour les gens qui ont déjà réservé, les tickets ne sont qu'une simple formalité.

— Etes-vous sûre ? insista Doris.

Lilian lui décocha un sourire désarmant.

— Tout à fait certaine. Je préside le comité et c'est moi qui ai organisé le déroulement de la soirée… Mais si vous voulez faire quelque chose pour nous, votre fils pourrait…

— Tout ce que vous voudrez, s'empressa de répondre Tanner, sautant sur l'occasion de la revoir.

— Ne vous avancez pas trop vite ! Je voulais vous proposer de participer à notre nouveau comité, chargé de la modernisation et de la promotion de la ville.

Le sourire de Tanner s'évanouit.

— Je vous demande pardon ?

Lilian eut un sourire candide.

— C'est une idée du comité de restauration, qui s'est occupé des dommages causés par la récente inondation. Ses membres ont décidé que nous avions besoin d'un comité de rénovation et de promotion pour donner un coup de neuf à notre bonne ville de Wilmore.

Tanner la dévisageait, incertain. Qu'avait-il à faire là-dedans ?

La jeune femme poursuivit, en comptant sur ses doigts :

— Il nous faut un parc avec des aires de jeux pour les enfants. Des pistes cyclables seraient

14

les bienvenues. Un collège intercommunal serait parfait pour nos jeunes qui doivent faire plus de vingt kilomètres en car tous les matins. Et il nous faudrait également un foyer pour les personnes âgées. Toutes choses qu'une subvention de l'Etat pourrait financer, mais il faut des gens compétents pour monter les dossiers.

— Je…, commença Tanner.

— Tanner ne peut pas s'engager dans un comité, l'interrompit sa mère, comme s'il ne pouvait pas répondre tout seul. Il serait parfait pour le rôle, avec son expérience des affaires, mais cela fait des années qu'il rêve de s'installer en Floride. Il veut acheter un bateau et organiser des croisières dans les îles…

— Dommage… Eh bien… Passez une bonne soirée !

Et sur ces mots, la jeune femme reporta son attention sur un nouveau groupe d'arrivants.

— Merci, maman. Mais la moindre des choses était de laisser Lilian m'expliquer ce qu'elle attendait de moi.

Tanner était furibond. Lilian était la première femme qui ait vraiment retenu son attention depuis dix ans. Il n'allait tout de même pas

15

la laisser disparaître de sa vie sans se donner l'occasion de la revoir !

Tout en donnant ses tickets à la famille Franklin, Lilian Stephen regarda Tanner entrer dans la grande salle décorée de guirlandes multicolores en se mordillant la lèvre inférieure.

Quand Tanner avait emprisonné sa main dans la sienne, elle avait réprimé à grand-peine un frisson. Rien d'étonnant à cela. Toutes les femmes devaient être folles de ce beau blond bâti comme un athlète, et il n'y avait aucune raison qu'elle échappe à la règle. Si ce n'était qu'elle, Lilian, elle avait un but dans la vie. Et des ambitions.

Et tout cela n'était pas compatible avec une histoire d'amour. Du moins, pas pour le moment. Elle n'avait que vingt-cinq ans. Beaucoup trop jeune pour s'engager dans une relation durable. A supposer que Tanner veuille s'engager dans quoi que ce soit... Depuis qu'Emmalee et lui avaient divorcé, il n'avait jamais eu de liaisons dignes de ce nom. Et les filles qu'il amenait lors de ses brèves visites à Wilmore n'étaient pas originaires de la Virginie-Occidentale. Elles étaient issues de la meilleure société new-yorkaise. Pas question de fréquenter des mannequins ou des actrices. Ses goûts le portaient vers les filles d'hommes influents et au moins aussi riches que lui.

Il était peu probable que Tanner comprenne dans cette catégorie la directrice de l'institut de beauté de Wilmore. Il finirait par ne pas la trouver assez bien pour lui, comme Emmalee n'avait pas été assez bien pour le suivre quand il avait quitté sa ville natale pour commencer une nouvelle vie.

Du moins c'était ce que disait la rumeur.

Bah ! Lilian avait d'autres chats à fouetter. Entretenir ses talents de gestionnaire, par exemple, acquis avec un mastère à l'université de Charleston, et qui restaient en jachère maintenant qu'elle avait créé son institut et qu'elle n'avait plus qu'à faire prospérer son chiffre d'affaires. Or le hasard lui avait fourni une occasion idéale. Quand les membres du comité formé après l'inondation catastrophique du printemps avaient fait la liste de tous les équipements dont manquait Wilmore ; quand ils avaient réalisé à quel point il serait facile de les obtenir si quelques personnes voulaient bien se consacrer à la recherche des subventions, elle avait compris tout de suite qu'elle avait un rôle à jouer.

Lorsqu'elle rejoignit le lieu des festivités, la jeune femme surprit Tanner en train de la regarder. En voyant son regard posé sur elle pendant tout le repas, elle pensa qu'elle l'avait déconcerté en ne tombant pas immédiatement à ses pieds. Et quand il entreprit de se frayer un chemin dans sa direction au moment où l'orchestre commençait à jouer, elle esquiva toutes ses tentatives...

Mais quand il put enfin la coincer entre un citronnier en pot et une porte-fenêtre au moment précis où l'orchestre entamait un air romantique, elle comprit qu'elle n'échapperait pas à l'inévitable.

La jeune femme sentit ses jambes lui manquer. Les yeux bleus de Tanner étincelaient, sa peau bronzée accentuait ses cheveux d'or sombre striés de mèches claires. On aurait dit que, au moment de sa naissance, toutes les fées de l'univers s'étaient penchées sur le berceau du fils unique de la famille McConnell pour un concours de bienveillance. Une joyeuse équipée de fées d'excellente humeur qui se seraient dit : « Tiens, celui-là, il aura tout. »

Comme elle ne lui répondait pas, il s'avança, et lui offrit la main.

— Ce n'est qu'une danse, murmura-t-il avec un petit sourire badin.

Mais Lilian savait qu'il ne s'agissait pas que de cela. Elle pouvait tomber follement amoureuse de cet homme. Il ne le fallait pas.

Le regard toujours plongé dans celui de son compagnon, elle parvint enfin à ouvrir la bouche.

— Je... Non, merci. Il faut que j'aille dans la cuisine m'assurer qu'il y a assez de monde pour tout remettre en ordre.

D'une main autoritaire, Tanner la fit pivoter sur elle-même.

— Vouloir tout superviser n'est jamais une bonne chose.

— Pardon ?

— Je dis qu'il ne faut pas vouloir s'occuper de tout, reprit-il en entraînant habilement son interlocutrice sur la piste de danse. Si vous êtes toujours sur le dos de votre équipe, les gens vont finir par penser que vous n'avez pas confiance en eux.

— Ne penseront-ils pas au contraire que je

me soucie d'eux et que je ne veux pas ménager ma peine ? répliqua Lilian, le cœur battant.

Beau comme un dieu ou comme un diable, avec un sourire si irrésistible qu'elle ne pouvait s'empêcher de lui sourire en retour, Tanner McConnell suscitait en elle des pensées et des sensations probablement illégales dans tous les Etats conservateurs de cette partie des Etats-Unis.

Tanner, la guidant d'une main passée autour de sa taille, eut un petit rire tranquille.

— Non. Ils penseront que vous leur volez l'opportunité de vous faire plaisir et de vous impressionner.

Elle leva vers lui un regard perplexe. Son compagnon était si beau qu'on en oubliait que c'était également un homme d'affaires qui avait réussi. Et elle aussi voulait être une femme d'affaires accomplie, un jour.

Peut-être le destin lui faisait-il un clin d'œil en mettant sur son chemin un guide.

— C'est ainsi que vous agissiez dans votre entreprise ?

Il opina du chef tandis qu'ils glissaient lentement sur le parquet ciré.

— Absolument. Montrez à vos collaborateurs

que vous les pensez compétents et ils feront tout pour l'être encore plus.

Elle sourit.

— Vraiment ?

— Vraiment.

Ils restèrent un moment silencieux, à tanguer légèrement. Elle cherchait quelque chose à dire mais, quand elle croisa de nouveau le regard de Tanner, les paroles moururent sur ses lèvres. Fascinée par ce regard d'aigue-marine, elle se prit à rêver que cette danse ne s'arrête jamais. Elle n'avait jamais rien désiré aussi fort de sa vie entière — tout en sachant que c'était une erreur qu'elle pourrait payer chèrement.

La jeune femme se laissa bercer par le rythme, dans une conscience aiguë du contact de sa main sur sa hanche, des effluves masculins de son corps. Comme s'en grisant pour ne pas l'oublier.

Car, quand la musique cesserait, la réalité reprendrait ses droits, et alors...

Toute l'assemblée applaudit la fin du morceau. Regardant Tanner bien en face, Lilian lui dit avec un sourire poli :

— Merci pour cette danse. C'était très agréable.

Puis, Cendrillon des temps modernes, elle s'enfuit vers les cuisines.

Un bref regard sur les surfaces d'acier rutilantes et sur le carrelage lui apprit que tout avait été nettoyé, frotté, rangé. Elle se retourna vers Ricky Avery, prête à lui demander si certaines tâches avaient été correctement effectuées mais, se rappelant soudain les conseils de Tanner, elle lui décocha un large sourire.

— Merci beaucoup, Rick. Tout est impeccable, ici.

Le dénommé Ricky redressa sa taille modeste, le rouge aux joues.

— Merci, miss. On a fait de notre mieux.

— Cela se voit ! Je peux partir tranquille.

Après un dernier regard satisfait sur la cuisine étincelante, la jeune femme sourit encore.

— A un de ces jours, Rick. Nous nous croiserons certainement en ville.

Ricky leva un sourcil étonné.

— Vous rentrez déjà ? La soirée vient tout juste de commencer.

Lilian hésita, cherchant une réponse convenable ; puis, s'avisant du coin de l'œil que Tanner avait réussi à retrouver sa piste, elle bafouilla précipitamment :

22

— Je sais. Mais j'ai du travail. A bientôt !

Et elle se rua vers la porte de derrière, courant bientôt dans la nuit chaude et parfumée comme si un diable était à ses trousses. Elle prit grand soin de ne pas perdre une chaussure : contrairement à Cendrillon, elle avait les deux pieds sur terre. Il n'y avait pas, à l'heure actuelle, de place dans sa vie pour un prince charmant.

Lilian Stephen était une jeune femme moderne. Elle ne croyait plus aux contes de fées.

2.

Tanner regagna la grande salle décorée de guirlandes rouges et blanches, l'esprit agité.

— Elle t'a envoyé promener, constata son père d'un ton anodin tandis que le jeune homme se laissait tomber sur une chaise, l'air dépité.

Il desserra un peu son nœud de cravate et fit une grimace.

— Elle est rentrée chez elle. Rick Avery m'a dit qu'elle avait prétendu travailler demain. Un dimanche !

— Si Lilian a dit qu'elle avait du travail, c'est qu'elle a du travail, décréta la mère de Tanner en saisissant une olive qu'elle croqua délicatement. Tout le monde n'a pas la chance d'être retiré des affaires comme toi.

Tanner soupira.

— Si elle n'avait pas pris la poudre d'escampette, j'aurais parié que vous aviez organisé tout ça !

Aucune femme de l'assistance n'arrivait à la cheville de Lilian. Aucune ne lui donnait envie de bavarder avec elle, encore moins de l'inviter à danser. Et ses parents le connaissaient assez pour savoir qu'elle lui plairait au premier coup d'œil.

— En tout cas, ce n'est pas moi, dit Jim McConnell.

— Ni moi, renchérit Doris. Personne ne peut prétendre se mêler des affaires d'une femme comme Lilian. Cesse donc de bougonner et regarde un peu autour de toi. Comme dit le proverbe, il y a assez de poissons dans la mer pour tout le monde. Va inviter une de ces jeunes filles à danser. Elles vont finir par se donner le torticolis à force de te regarder sans en avoir l'air.

— Ça ne me dit rien, fit Tanner en se levant. Je rentre.

Doris lui sourit.

— Impossible, mon chou. Je te rappelle que tu nous raccompagnes ! Allez, va inviter quelqu'un... Ta bonne humeur reviendra au galop.

Au début de la soirée, seule la vue de

Lilian, assise derrière sa petite table, avait su le convaincre de rester. Il préférait ne pas en parler à ses parents — parce qu'il aurait fallu qu'il se l'avoue clairement à lui-même. Et, pour décrire ce qui lui était arrivé, il aurait dû employer les mots « intrigué », « fasciné », voire « ensorcelé ». Ce qui était parfaitement ridicule. Il n'avait pas dit deux mots à cette jeune personne. On ne pouvait tout de même pas tomber amoureux d'une femme dont on ne connaissait que la couleur des yeux et le métier ! Et puis, à l'évidence, elle ne voulait rien avoir à faire avec lui. Il ne pouvait pas être envoûté par quelqu'un qui ne l'appréciait pas.

Cet argument lui servit d'aiguillon pour se propulser hors de son siège et inviter quelques jeunes et jolies filles à danser. Mais aussi agréables et intelligentes qu'elles fussent, aucune n'éveillait son intérêt comme Lilian avait su le faire au premier regard.

Il ne savait pas ce qui l'attirait en elle mais c'était davantage que le défi qu'elle représentait en le rejetant.

Lilian Stephen semblait parfaitement à sa place dans ses bras. Elle sentait délicieusement bon…

Et, à la seconde même où il éteignit la lumière, cette nuit-là, les beaux yeux violets le fixèrent intensément sur le velours noir de la nuit.

Le lendemain matin, à l'église, Tanner décida que tout ça n'était qu'un effet du stress que lui causait sa décision de changer de vie. En Floride, il y aurait des quantités de jolies femmes prêtes à lui tomber dans les bras. Il n'avait pas besoin de Lilian Stephen. Il n'était même pas sûr de la désirer vraiment…

Comme ce beau discours commençait ainsi à le persuader, le maire, Alan Thorpe, et sa femme, Emmalee, firent leur entrée, flanqués de leurs trois enfants, vêtus comme des petits princes. Tanner sentit une main lui broyer le cœur. La vie qu'avait maintenant Emmalee était celle dont il avait rêvé pour eux deux. Si ce n'est que, avec lui, elle aurait joui de davantage de sécurité et d'un niveau de vie infiniment plus confortable… Et pourtant, elle l'avait laissé tomber.

Tanner n'était ni assez naïf ni assez cynique pour imaginer que l'argent valait plus que l'amour, mais elle l'avait aimé. Et il l'avait largement payée de retour. Ils avaient été fous l'un de l'autre, les premières années. Et voilà qu'elle avançait au bras d'un autre homme que lui, avec des enfants qui n'étaient pas les siens…

Même après dix ans, cela faisait toujours aussi mal. Même s'il s'était remis de cet échec. Il n'aimait plus Emmalee. L'homme qu'il était devenu ne pourrait pas mener la vie qu'elle avait à Wilmore. Il lui fallait davantage. Un horizon plus grand. Et pour l'avoir, il était prêt à tout. Même à se montrer brutal et intransigeant.

Egocentrique et brutal.

C'était Emmalee qui lui avait dit ça. C'était elle qui lui avait conseillé de partir parce que ses ambitions l'avaient métamorphosé et que la ville était devenue trop petite pour lui. Elle en avait assez de devoir s'extasier sur lui à tout propos et de feindre de lui être très reconnaissante de condescendre à vivre dans un milieu aussi étriqué. C'était même elle qui lui avait suggéré de vivre dans une ville comme New York — là où l'agressivité était un talent et non une faute de goût.

C'était ce qu'il avait fait. Pour s'apercevoir très vite que son ex-femme avait raison. Il se sentait beaucoup mieux dans une grande ville… Mais, même si sa femme avait vu juste, il avait souffert les feux de l'enfer. Perdre à la fois un amour, ses rêves d'être une star du foot et les repères familiers d'une ville natale, c'était beaucoup pour un seul homme.

Voilà pourquoi il devait se tenir à l'écart de Lilian Stephen comme de n'importe quelle femme de cette ville. Il n'était plus d'ici. Même une femme qui l'avait adoré l'avait senti et l'avait mis à la porte avec armes et bagages. Il n'était là que pour superviser la rénovation de la propriété familiale, endommagée par l'inondation. Après, il ferait ses adieux à quelques vieux amis et partirait s'installer à des milliers de kilomètres de là.

Oui, à la fin du mois, il serait en Floride. Et il n'avait pas l'intention d'en revenir. Ses parents seraient ravis de passer des vacances au soleil et il n'aurait plus aucune raison de remettre les pieds à Wilmore.

Satisfait de ce beau raisonnement, Tanner prit une minute pour reconnaître objectivement que les enfants d'Emmalee étaient adorables et pour admettre qu'Alan Thorpe lui convenait mieux comme époux. Et il en arriva à l'heureuse conclusion qu'il pourrait même échanger quelques propos plaisants avec l'heureux couple à la sortie de la cérémonie.

C'est à ce moment-là que Lilian fit son apparition.

Ses longs cheveux blonds cascadaient librement jusqu'à ses reins. Elle portait une simple robe de légère cotonnade fleurie qui soulignait les courbes gracieuses de son corps et découvrait ses longues jambes. Lilian Stephen était en tout point conforme à l'image qu'il avait gardée d'elle et soudain, toutes les émotions, les sensations, l'enchantement qu'il avait éprouvé en dansant avec elle le submergèrent de nouveau.

Elle obliqua pour se glisser dans une rangée et aperçut Tanner et ses parents. La mère de Tanner adressa à la jeune femme un imperceptible salut du bout des doigts et Lilian lui répondit — son regard effleurant Tanner une fraction de seconde.

Il soupira presque de soulagement tant ce regard aux paupières battantes disait à quel point elle se souvenait, elle aussi, de leur danse. Et à quel point elle était sensible à leurs retrouvailles… Quand le service commença, Tanner avait non seulement oublié les souvenirs douloureux du passé mais il avait retrouvé sa philosophie de la vie. Sa règle d'or avait toujours été de profiter de ce que la vie lui offrait, sans se morfondre dans un frustrant sentiment d'échec. Et, précisément, depuis la veille au soir, son sixième sens lui disait que le destin mettait sur sa route quelqu'un d'étonnant, d'absolument délicieux…

La vie était incroyablement généreuse avec lui. Dédaigner ses cadeaux, ne serait-ce pas de l'ingratitude ?

Il se mit à attendre impatiemment la fin du sermon. Le révérend Daniels était d'humeur particulièrement bavarde, ce jour-là. Chaque petit bond de l'aiguille des minutes sur le cadran de sa montre accroissait son impatience. Mais comme la nervosité de Lilian devenait de plus en plus visible, elle aussi, il se dit avec plaisir qu'elle ne pourrait que se jeter littéralement dans ses bras à la sortie de l'édifice.

En lieu et place, quand les portes s'ouvrirent enfin, Lilian jaillit de l'église comme un boulet de canon et se précipita vers sa voiture.

Figé sur les marches, trop loin pour espérer la rattraper, Tanner refoula à grand-peine un juron.

— Eh ! Tanner !

Le jeune homme se retourna pour voir Artie et Emma, leurs trois enfants blottis entre leurs jambes comme de jeunes chiots, lui faire de grands signes. Ravalant sa déception, il arbora aussitôt son sourire « relations publiques ».

— Bonjour, Artie, dit-il en serrant vigoureusement la main que lui tendait le nouveau maire de Wilmore. Ravi de te rencontrer, Emma, ajouta-t-il avec un petit salut de la tête à son ex-femme. Et comment s'appellent ces charmants bambins ?

— Moi, c'est Sam, dit le plus grand en ponctuant sa déclaration d'un reniflement.

— Mon Dieu ! s'écria Emmalee, contrariée, nous avons oublié son sirop anti-allergique.

Sam renifla encore.

— Ça ira, maman.

— Non, ça n'ira pas, Samuel Alan Thorpe, répliqua sa mère.

Jolie rousse au teint de porcelaine, Emma faisait une mère de famille resplendissante.

Elle continua, le doigt levé :

— Ce n'est pas parce que tu n'aimes pas ce sirop que tu dois renifler toute la journée.

Elle se tourna vers Tanner :

— Désolée, Tanner, mais nous ne pouvons pas nous attarder…

— Je comprends. Il ne sera pas dit que je serai un obstacle à la bonne santé d'un enfant.

32

— Es-tu là pour longtemps ?

Le regard de Tanner flotta sur le parking où, quelques minutes plus tôt, était garé le petit quatre-quatre de Lilian.

— Je ne sais pas exactement.

Emmalee lui sourit.

— Alors, nous nous reverrons sûrement. Bon dimanche !

Par chance, les parents de Tanner avaient eu leur compte de mondanités la veille au soir et ils mouraient de faim. Ils ne firent aucune difficulté pour regagner au plus vite leur demeure.

Blessé par la fuite de Lilian, Tanner consacra le trajet en voiture à l'élaboration d'un plan d'urgence pour revoir la jeune femme... Non qu'il ait l'intention de contraindre Lilian à le fréquenter, ni même à lui prêter attention. Il n'avait jamais eu besoin de ces méthodes pour séduire une femme. Du reste, il était convaincu que, si l'occasion lui en était donnée, les choses se feraient d'elles-mêmes...

Après une visite éclair chez ses parents pour partager le repas dominical, Lilian se rendit tout droit à son institut. Mais, quand elle arriva devant la porte, au lieu d'y voir une armée de

33

clientes désireuses de retrouver leur coiffure de tous les jours après les festivités de la veille, elle aperçut Tanner McConnell assis sous la véranda, l'air impatient. Même vêtu de son simple jean et d'un polo blanc, avec ses courts cheveux blonds ébouriffés par le vent et son regard clair et direct, il était renversant.

Or elle ne trébucherait pas.

Elle en avait déjà discuté avec elle-même.

La jeune femme fronça les sourcils.

— Que faites-vous ici ?

— J'ai besoin d'une coupe de cheveux.

Lilian ne put s'empêcher de rire.

— Vos cheveux sont beaucoup trop courts !

— Mais peut-être qu'un autre type de coiffure… ?

Elle secoua la tête.

— Non. Vous êtes très bien comme cela.

Il sourit.

— Vraiment ? Vous aimez ? Je veux dire, c'est votre avis de professionnelle ?

— Oui. Votre coiffeur, quel qu'il soit, est un expert.

— Roberto sera ravi de l'apprendre.

— Bon… Eh bien, rentrez chez vous pour l'appeler parce que, moi, j'ai du travail !

— Me mettez-vous à la porte ?

Fouillant dans son sac pour y trouver ses clés, Lilian commençait à perdre son calme.

— Non, non… Pas du tout.

— Parfait. Dans ce cas, vous allez vous occuper de mes cheveux. Respectez la coupe de Roberto si vous y tenez, mais la rafraîchir un peu ne lui ferait pas de mal.

Le conduisant dans la grande salle aux stores à demi baissés, Lilian lutta encore.

— Vous n'êtes pas sérieux.

— Est-ce un salon de coiffure ? s'enquit Tanner en parcourant la pièce du regard.

— Ici, oui. Je me suis spécialisée dans les soins esthétiques, à l'étage, avec une aide. Ici, c'est le royaume de mes deux coiffeuses, qui ne travaillent pas le dimanche.

— Pourquoi avez-vous ouvert, dans ce cas ?

Lilian soupira. D'évidence, elle ne pourrait pas s'en débarrasser.

— Pour rendre service à mes habituées. Elles viennent toujours les lendemains de fête afin de retrouver leur tête de tous les jours.

— Parfait, lança gaiement Tanner en se jetant

dans un fauteuil. Redonnez-moi ma tête de tous les jours.

Lilian alla chercher dans une penderie un kimono de coton noir qu'elle l'aida à enfiler par-dessus son polo et son jean. Puis, évitant obstinément de rencontrer les beaux yeux bleus dans le miroir, elle passa la main dans les cheveux du jeune homme. Ils étaient étonnamment vigoureux et doux sous les doigts.

— Vos cheveux n'ont vraiment besoin de rien, je vous assure.

— Mais si !

— Comme vous voudrez.

Elle s'éclaircit la gorge.

— Je… Je vais en couper seulement un demi-centimètre.

— Parfait. C'est exactement ce qui a dû pousser depuis que je vous ai rencontrée. On dit bien « se faire des cheveux », n'est-ce pas ?

L'absurdité de cette déclaration arracha à la jeune femme un nouveau rire.

— Arrêtez de dire des bêtises !

— Vous n'aimez pas rire ?

— J'adore ça. Mais à votre place je n'aimerais pas trop qu'une personne au-dessus de ma tête, armée de ciseaux, soit dérangée par des éclats de rire. On ne sait jamais ce qui peut arriver.

— Rien de pire que de me faire revenir pour une nouvelle coupe !

Lilian eut un soupir résigné.

— Avez-vous toujours réponse à tout ?

— Oui.

La réponse était concise, nette comme un claquement de fouet. Si ferme que la main experte de Lilian trembla.

— Oui, répéta-t-il sur le même ton. J'ai une réponse à tout. Alors, si vous pouviez me dire clairement pourquoi vous m'évitez depuis notre rencontre, je trouverais certainement une réponse à cela aussi et nous pourrions passer d'agréables moments pendant mon séjour à Wilmore.

— Ah ! Je vois…

Posant ses ciseaux sur le comptoir de marbre blanc, la jeune femme dénoua les liens du kimono.

— Ainsi, vous ne supportez pas l'échec !

— Si, très bien. J'ai dirigé une entreprise pendant huit ans. L'échec, je l'ai rencontré souvent. Mais j'ai aussi appris à le dépasser… Le problème n'est pas là…

Il l'immobilisa en la saisissant par les poignets.

— Vous me plaisez beaucoup, Lilian.

— Nous ne nous sommes pas parlé plus de cinq minutes ! protesta la jeune femme en se libérant pour s'appuyer sur le comptoir. Vous ne me connaissez même pas !

— Et vous non plus, vous ne me connaissez pas assez pour me rejeter comme vous le faites, riposta Tanner avec un sourire. Dînez avec moi ce soir, nous pourrons faire plus ample connaissance et prendre des décisions mieux fondées.

— Impossible.

— Pourquoi ?

Elle s'apprêtait à lui dire que c'était parce qu'ils n'avaient aucun avenir ensemble quand la porte s'ouvrit soudain.

— Bonjour, Lilian, lança jovialement Norma Alexander.

Puis elle aperçut Tanner.

— Oh ! Désolée. Je pensais que tu avais ouvert le salon…

— J'ai ouvert le salon. Tanner allait partir.

— A vrai dire, chère Norma, intervint Tanner en déployant tout son charme, si vous pouviez nous accorder encore cinq minutes… Cela ne vous dérange pas ?

Lilian coupa d'une voix nette :

— Si, ça la dérange. Pour l'amour du ciel, Tanner, il faut tout de même que je gagne ma vie !

Le regard du jeune homme s'aiguisa.

— Comme il vous plaira… Lilian, je veux que vous dîniez avec moi ce soir. Arrangez-vous comme vous voudrez mais j'attends une réponse positive.

Norma, tout sourire, n'en perdait pas une miette. Lilian secoua de nouveau la tête.

— Non.

— Donnez-moi une bonne raison.

— Il y a une réunion de la commission ce soir.

— Encore ? Mais je croyais que la raison d'être de cette commission était de réparer les dégâts de la crue. Maintenant que c'est fait, vous devriez être libre.

— Vous oubliez le comité de promotion. Celui dans lequel vous ne pouvez pas vous engager, d'après votre mère, parce que vous allez bientôt quitter la ville.

Il soupira.

— C'est vrai... J'avais oublié.

— Nous avons notre première réunion ce soir.

— Un dimanche soir ?

Il s'avança d'un pas, comme si le fait de se rapprocher pouvait la faire changer d'avis. Et il n'était pas loin d'avoir raison... Quand il fut à moins d'un mètre, Lilian se sentit fondre et vibrer en même temps. S'il l'avait seulement effleurée du bout des doigts, elle lui serait tombée dans les bras. Même devant Norma.

Jouant nerveusement avec le pendentif qui ornait son décolleté, la jeune femme respira lentement. Elle n'ouvrit la bouche que lorsqu'elle fut à peu près certaine d'avoir recouvré sa maîtrise habituelle.

— Oui. C'est un des rares jours de la semaine disponible pour les gens qui travaillent...

Tanner sourit.

— Demain soir, alors ?

— L'institut est ouvert en nocturne tous les lundis soir.

— Et mardi ?

— C'est la soirée barbecue au restaurant de mes parents.

40

— Parfait. Donnons-nous rendez-vous là-bas !

— Si vous voulez, mais nous ne pourrons pas beaucoup nous parler… C'est moi qui fais le service.

— Vous n'êtes donc jamais libre ?

Lilian eut une petite grimace moqueuse.

— Je crains que non.

Norma considéra tour à tour Tanner à Lilian, puis partit d'un grand rire.

— Tanner O'Connell, je crois que vous feriez mieux de capituler avant que votre réputation de séducteur ne soit définitivement compromise !

Tanner rit aussi. Mais d'un rire plein de défi.

— Si j'étais vous, Norma Rose Alexander, je ne lancerais pas les paris.

3.

Quand Lilian arriva enfin à la salle de réunion municipale, la nuit était déjà tombée. Elle avait passé l'après-midi à défaire les coiffures de fête de ces dames et à préparer le planning de la journée du lendemain — et elle était épuisée. Convaincue que la réunion de la commission serait finie, elle ne s'était décidée à se rendre à la mairie que par acquit de conscience. Lorsqu'elle vit que les lumières étaient encore allumées, elle gara rapidement sa SUV devant le porche de l'exquis bâtiment d'architecture coloniale et grimpa les marches de la véranda quatre à quatre.

Les guirlandes rouges et blanches de la veille, ainsi que les longues rangées de tables couvertes de nappes blanches, avaient disparu. Il ne restait plus qu'une vaste salle au parquet de bois fraîchement ciré et quelques tables disposées en fer à cheval devant le mur du fond, juste sous le portrait du dernier président.

La jeune femme aperçut Tanner McConnell au moment même où elle franchissait le seuil. Tel un roi tenant sa cour, il occupait la place centrale ; les six autres hommes assistant à la réunion s'alignaient de part et d'autre.

Quand Tanner la vit, un sourire découvrit ses dents blanches.

— Bonsoir, Lilian ! Entrez.

— Lilian ! Mais où étais-tu passée ? fit Artie Thorpe, visiblement contrarié.

— Je travaillais. Il faut bien gagner sa vie, rétorqua Lilian d'une voix égale en s'installant le plus loin possible de Tanner.

— Tanner a été assez généreux pour accepter de se joindre à notre groupe de travail jusqu'à son départ en Floride, expliqua Artie.

Lilian se contenta de jeter un regard torve en direction de Tanner, signifiant clairement qu'elle n'était pas dupe de son petit jeu. Le jeune homme leva son gobelet de café dans sa direction, comme pour un toast.

— Tu as manqué deux heures d'un brillant exposé, acheva le maire de Wilmore.

— Oh ! Pas si brillant que ça, protesta

Tanner. Ces quelques idées ne sont que le fruit du simple bon sens.

— Un bon sens et une expérience professionnelle que la plupart d'entre nous n'ont pas, insista Doug McDonald.

Et tous les hommes d'opiner du chef.

La plupart travaillaient dans les usines de la ville voisine. Aucun ne possédait d'entreprise ni n'avait pu faire d'études de gestion comme Lilian. Jusqu'à l'arrivée de Tanner, c'était *elle* qui était considérée comme la spécialiste.

— Nous avons beaucoup de chance de t'avoir dans notre commission, déclara Artie.

Lilian jugea l'attitude de ce dernier vraiment fair-play, vis-à-vis de celui qui était tout de même l'ex-mari de sa femme.

— ... Donc, était en train de dire Tanner quand elle sortit de ses réflexions, il me faudra pas mal de temps pour m'assurer que les systèmes de contrôle de l'érosion et de la sédimentation sont correctement installés sur les rives de la rivière qui, vous le savez tous ici, passe juste au fond de la propriété de mes parents. L'allée qui mène à la maison doit être également reconstruite.

Il laissa échapper un petit rire.

— Il faudra quelques tonnes de gravier et pas mal de travaux de nivellement pour remédier aux tranchées et autres effondrements causés par l'inondation. J'en sais quelque chose, moi qui viens d'y laisser mes suspensions.

— Oui, dommage pour ta voiture, grimaça Doug. Il faudra que tu en parles à Franck, demain matin. Mais je doute qu'il ait en stock des pièces de Mercedes…

— Je crains que tu ne doives rester à Wilmore encore un bon mois, fit Artie, faussement compatissant.

Tanner lui donna une tape amicale sur le bras.

— Inutile de jouer la comédie. Vous êtes ravis que je sois obligé de rester ici parce que vous avez besoin de moi.

Artie grimaça un sourire.

— Je mentirais en prétendant le contraire !

— Et moi, je mentirais en prétendant que cela ne me fait pas plaisir.

Lilian ne put réprimer un vif sentiment de sympathie et de respect pour Tanner. Il avait peut-être rejoint cette commission pour être avec elle mais il avait sérieusement l'intention d'y jouer son rôle et de faire partie de l'équipe. Sans condescendance.

Et il avait réussi. En intégrant la commission, il avait démontré à Lilian qu'il était comme tout le monde. Ni une idole ni un prince. Juste un brave type comme les autres habitants de Wilmore. Si elle refusait de le fréquenter, ce n'était pas une personnalité qu'elle rejetterait mais un des leurs.

Et le pire, c'était qu'elle serait ensuite obligée de le rencontrer à ces réunions deux ou trois fois par semaine !

Tanner s'étira avec un bâillement.

— Eh bien... On dirait que je ne suis plus habitué à l'air de nos montagnes... Je tombe de sommeil.

— Dans ce cas, levons la séance, décréta Artie en repoussant sa chaise.

Bien que Lilian ait présidé la précédente commission, tout le monde avait trouvé normal qu'Artie, en tant que maire de la ville, prenne la direction de celle-ci.

— Prochaine réunion mercredi soir, reprit-il. Pas d'objection ?

Ils votèrent à l'unanimité l'ajournement de

46

la séance et tout le monde se dirigea vers la sortie.

— Tu viens, Tanner ? s'enquit Artie en fouillant sa poche pour en extraire ses clés.

— Finalement, Artie, puisque Lilian a une quatre-quatre, il vaut peut-être mieux que ce soit elle qui me raccompagne. Ta voiture est un peu basse et je m'en voudrais qu'elle subisse les mêmes avaries que la mienne.

Il se tourna vers la jeune femme avec un sourire.

— Cela ne vous ennuie pas, n'est-ce pas ?

Il était tellement dans la nature de Lilian de rendre service qu'elle accepta machinalement. Juste avant de s'aviser que, même si Tanner n'était finalement qu'un quidam comme les autres, ce n'en était pas moins un étranger pour elle. Et un étranger diablement séduisant.

Avec qui elle serait seule en pleine nuit, sur les routes les moins fréquentées du pays...

Avant même qu'elle ait eu le temps de poser la main sur la poignée de sa portière, il se précipita pour la lui ouvrir. Peu habituée à un comportement si chevaleresque, Lilian leva vers lui un regard étonné et il lui sourit. Même dans la pénombre, la jeune femme pouvait apercevoir la flamme moqueuse qui dansait dans ses yeux, le pli sardonique de ses lèvres.

Ce sourire, cette manifestation si flagrante de son assurance de beau mâle renforça Lilian dans sa conviction de lui résister. Elle refusait de se laisser prendre à son charme même et surtout si son insistance commençait à l'émouvoir. Jamais un homme ne s'était assez intéressé à elle pour s'investir à ce point dans des activités qui ne pouvaient pas retenir son attention...

Mais elle ne se laisserait pas faire. Leur relation n'avait aucun avenir. Inutile de jouer avec le feu.

Aucun des deux ne parla tandis qu'ils prenaient place dans le véhicule et qu'elle allumait le contact.

— Cela ne vous embête pas que je fasse partie de la commission ? s'enquit enfin Tanner quand ils eurent quitté le parking.

Parce qu'ils avaient vraiment besoin de son aide et qu'elle était honnête, Lilian répondit sans détour :

— Non.

— Votre diplôme de gestion vous vaut d'être tenue pour un expert, m'a dit Artie. Je ne voudrais pas que vous pensiez que j'empiète sur votre territoire.

Agréablement surprise par sa délicatesse, Lilian lui décocha un bref sourire.

— Nous ne serons pas trop de deux pour tout ce qu'il y a à faire ici.

— Vous êtes sincère ?

Elle hocha la tête.

— Il va falloir batailler pour obtenir des subventions fédérales et dénicher les fondations privées susceptibles de nous aider dans nos projets. Cela fait des décennies que nous vivons sur les impôts locaux. Il a fallu cette inondation pour que nous réalisions que c'était plus qu'insuffisant...

La jeune femme accéléra quand ils eurent quitté la ville et reprit :

— Cette crue a été une bénédiction, finalement. Elle nous a obligés à faire appel aux aides publiques et maintenant que nous avons trouvé le chemin de l'aide fédérale, nous sommes moins timorés pour faire des projets. Nous avons une chance de propulser Wilmore dans le XXIe siècle. Il ne faut pas la manquer.

— Je suis derrière vous à cent pour cent.

— Vraiment ? demanda Lilian, heureuse de lui accorder le bénéfice du doute.

De telles compétences ne seraient pas de trop.

— Vraiment.

Il avait à peine prononcé ces mots que la jeune femme se rappela qu'il allait partir. Et vite. Qu'il ne serait pas là pour voir la réalisation de leurs projets... Son intervention dans la commission risquait de leur faire plus de mal que de bien, à la réflexion.

Manœuvrant prudemment son véhicule sur le chemin défoncé qui conduisait à la maison des parents de Tanner, elle constata :

— Je crains seulement que tout le monde soit un peu désappointé quand vous nous quitterez.

— Vous parlez pour la commission ou pour vous-même ?

Lilian lui lança un bref regard. L'éclairage du tableau de bord ciselait son beau visage, ses mains fortes posées sur ses cuisses. Il avait cette beauté classique du garçon vraiment bien que toutes les mères convoitent pour leur fille.

La jeune femme aurait voulu parler à cœur ouvert. Lui dire que n'importe quelle femme

50

regretterait un homme comme lui. Mais si la conversation glissait sur un terrain plus personnel, elle perdrait l'occasion de lui faire part de ses appréhensions concernant la commission.

— Tanner, commença-t-elle d'une voix patiente, cette ville a besoin de toute l'aide possible et ces hommes vous respectent et vous apprécient suffisamment pour s'en remettre totalement à vous. Si vous les laissez tomber, je crains que votre intervention ne fasse plus de dégâts qu'autre chose. Et quand vous serez parti, ce sera à moi de reprendre le collier.

Ce petit discours les avait amenés jusqu'à l'aire de gravillon qui s'étendait devant la maison des McConnell. Lilian arrêta son véhicule et mit le frein de stationnement.

— Tout cela vous semble certainement très noble et assez amusant pour le moment, continua-t-elle, mais en ce qui me concerne la perspective de devoir recoller les morceaux ne m'amuse pas du tout.

— Je ne laisserai rien que je n'aie pu mener à son terme, assura Tanner en l'emprisonnant dans le faisceau de son regard clair. Je vous le promets.

— Obtenir des subventions demandera des

mois, voire des années ! Vous serez parti depuis longtemps.

— C'est vrai. Mais il y a le téléphone, le fax et Internet. De nos jours, quand on veut communiquer, on peut.

Elle rit.

— Je suis probablement la seule dans la ville avec Artie à savoir me servir d'un fax et envoyer un e-mail.

— Vous êtes la seule dont je me soucie.

Relevant la tête, la jeune femme le dévisagea. Cette fois, il lui contait ouvertement fleurette… Et la peur la paralysa. Peu importait à quel point il était séduisant, à quel point il semblait sincère. Il allait partir. Elle allait rester. Aller plus avant dans leurs relations serait un désastre.

Mais avant qu'elle ait pu dire quoi que ce soit, Tanner ouvrit sa portière et poursuivit :

— Vous savez très bien ce que je veux dire. Je pourrai vous joindre aussi souvent que nécessaire, Lilian. C'est aussi simple que ça. Alors, pourquoi rendre les choses difficiles ?

Sur ces mots, il sauta du véhicule et en claqua la portière.

La jeune femme attendit qu'il ait grimpé les marches de la véranda et poussé la porte avant de redémarrer. Puis elle prit le chemin du retour, se sentant étrangement vide…

Zut ! Elle avait fait ce qu'elle devait faire.

— Cora, je t'assure que je n'ai jamais vécu un moment aussi difficile.

— Franchement, je ne vois pas pourquoi, rétorqua Cora Beth Johnson en se plantant les poings sur les hanches.

Grande, mince, l'œil et le cheveu noirs, Cora était la meilleure amie de Lilian depuis le lycée. Et c'était maintenant sa meilleure collaboratrice. Les deux femmes étaient supposées procéder ce lundi soir à un inventaire — le mardi étant le jour des livraisons. Mais, pour l'heure, la seule contribution de Cora avait été de faire subir à son amie un interrogatoire serré.

— Mais enfin ! Nous parlions des inconvénients que son départ ferait subir à la commission et il a prétendu que je faisais une montagne d'une souris.

— Et je crois qu'il avait raison.

Lilian secoua la tête énergiquement.

— C'est pourtant évident ! Il va nous engager dans des démarches que nous serons incapables de mener à bien sans lui.

— Veux-tu dire qu'il va faire le travail de dix hommes et que, après son départ, nous manquerons de bonnes volontés ?

— Non. Je dis que son expérience et ses compétences vont nous introduire dans des milieux dont les portes se fermeront quand il nous laissera tomber...

— Je ne vois pas pourquoi. En lançant cette commission de modernisation de Wilmore, ton idée était justement de mettre un pied dans les chasses gardées des subventions fédérales. Les relations de Tanner vont nous ouvrir ces portes plus vite et plus largement. C'est tout.

— Justement, insista Lilian en tapant du pied. Il va nous laisser sur le seuil, comme des nigauds.

Cora dévisagea son amie.

— Tu sais, Lilian... Les gens de cette ville manquent peut-être d'instruction. Mais ils ne sont pas idiots. Si Tanner reste ici assez longtemps pour nous faire bénéficier de ses relations, nous saurons parfaitement quoi en faire, je t'assure.

Lilian soupira.

— Je suppose que tu as raison, Cora. Je suis navrée.

54

— Tu sais parfaitement que j'ai raison. Si tu as fait tout ce que tu as déjà réalisé pour la ville, c'est bien parce que tu as confiance en nous, martela Cora Beth.

Elle s'interrompit un instant, et fixa son amie d'un regard scrutateur.

— Allons, dis-moi franchement ce qui ne va pas.

— Je ne sais pas.

— Cela fait près de vingt ans que nous nous connaissons. C'est moi qui t'ai suggéré de suivre cette formation d'esthétique après tes études de gestion à l'université afin de pouvoir créer une chaîne de salons de beauté. Je te connais comme le dos de ma main. Et je t'aime comme une sœur. Si tu ne me dis rien à moi, à qui d'autre pourras-tu te confier ?

Humectant ses lèvres sèches, Lilian opina du chef.

— Tu... tu as eu vent de cette rumeur lancée par Norma comme quoi Tanner s'intéresserait à moi ?

— C'est plus qu'une rumeur.

— Eh bien... J'y ai mis le holà.

— Quoi ?

— Il m'a effectivement demandé de sortir

avec lui, au moment où Norma était dans le salon. Mais j'ai refusé.

— Tu as refusé ?

Cette fois, Norma écarquillait des yeux démesurés.

— Il va partir, Cora...

— Je sais... Mais c'est comme pour notre commission : un peu de Tanner ne peut pas te faire de mal. Demain, c'est demain.

— Pas pour moi. Demain c'est aujourd'hui. C'est une des choses que j'ai retenues, dans mes études de gestion.

— Tu refuses donc de fréquenter un homme comme Tanner parce que, un jour, il va s'en aller ?

— Exactement.

— C'est la plus grosse bêtise que j'aie jamais entendue !

— Au contraire. C'est parfaitement sensé. Je ne veux pas qu'il me fasse du mal.

Lilian tourna le dos à son amie, feignant de s'absorber dans son travail.

— Peut-être te demandera-t-il de partir avec lui ?

— Si c'était le cas, je refuserais.

— Tu... Tu refuserais ? C'est impensable !

— Je ne peux pas partir. Tu le sais très bien. Si nous désertons tous les deux la commission de modernisation de la ville, nous laisserons les autres avec le bébé sur les bras. Et puis, j'ai mon travail… Sans compter…

La jeune femme entendit Cora se rapprocher dans son dos.

— Sans compter ?

— La dernière fois, il a laissé Emmalee derrière lui.

— Ne me dis pas que tu le juges sur des faits qui datent d'il y a dix ans ? Primo, personne ne sait ce qui s'est passé au juste entre eux. Secundo, l'homme a fait ses preuves. Et il a changé. Nous avons tous le droit à une seconde chance, Lilian.

— Peut-être…

— Ecoute, mon petit. Quelles que soient les intentions de Tanner, nous avons tout à y gagner. Il nous aidera un mois ou deux et, s'il part un jour, tu seras là pour tirer les marrons du feu. Toi, et tous les habitants de Wilmore. C'est nous tous qui profiterons des pistes cyclables, du parc de jeux pour les enfants et de tout le reste. Crois-moi, Lilian, nous devrions tous nous jeter à ses pieds !

Amusée par l'emphase de son amie, Lilian rit.

— Bon, mettons que j'ai exagéré...

Le carillon de la porte d'entrée tintinnabula gaiement et les deux femmes se regardèrent.

— Qui cela peut-il être ? chuchota Cora.

— Je ne sais pas.

— Hello ! Il y a quelqu'un ? cria une voix masculine bien reconnaissable.

Cora et Lilian échangèrent un regard puis Cora cria :

— Ici, Tanner ! Dans la pièce du fond.

Et, se retournant vers Lilian, elle lui agita un doigt sous le nez en chuchotant :

— Tu as compris, n'est-ce pas ? Tu es gentille avec lui !

Et elle tira soigneusement son T-shirt pour faire valoir sa poitrine.

— Puisqu'il ne t'intéresse pas, j'ai peut-être ma chance ?

— Cora, je t'ai dit et répété qu'il va bientôt partir !

Cora sourit.

— Et alors ? Qui vivra verra...

— Bonsoir, Tanner, dit Lilian en entrant dans

le salon de coiffure, Cora sur les talons. Nous faisions l'inventaire.

Tanner lui sourit.

— Je sais. Quelqu'un me l'a dit. Je me demandais si vous ne pourriez pas me reconduire chez moi… Quand j'ai apporté ma voiture au garage ce matin, Franck a confirmé les pronostics de Doug. Il n'a pas de pièces en stock pour les Mercedes. Il lui faudra au moins trois semaines pour recevoir la commande.

Il ouvrit les bras, dans un geste d'impuissance.

— J'en suis réduit à demander la charité.

— Mais vous êtes encore là pour trois semaines, remarqua Cora.

— Au moins. Vous comprenez, j'ai vendu mon affaire, expliqua-t-il inutilement à la jeune femme puisque toute la ville était au courant. Je suis parfaitement libre de mon temps… Qui sait, je serai peut-être encore là dans six mois ?

Le sourire de Cora s'élargit.

— Je peux vous raccompagner, si vous voulez ?

— Merci, dit Tanner. Mais Lilian a une

quatre-quatre. C'est à peu près la seule voiture qui peut passer sans dommages.

Décidant de suivre les conseils de Cora à la lettre à partir du moment où elle ne se sentait pas personnellement engagée, Lilian se jeta à l'eau.

— Je serai ravie de vous raccompagner. Nous venons juste de terminer, Cora et moi.

Après avoir fermé le magasin et souhaité bonne nuit à Cora, Lilian et Tanner marchèrent jusqu'au véhicule de la jeune femme dans le silence le plus complet. Comme la nuit précédente, il lui ouvrit d'abord la portière.

Mais dès qu'elle se fut installée derrière le volant, il demanda :

— Que se passe-t-il ?

Lilian mit le contact et démarra avant de répliquer :

— Que voulez-vous dire ?

— Vous avez l'air bizarre. S'est-il passé quelque chose ? Ai-je fait quoi que ce soit…

— Non, non, répondit aussitôt Lilian. C'est simplement que j'ai beaucoup parlé avec Cora. Et j'ai réfléchi. J'ai eu tort de vous accuser de vouloir nous laisser tomber. Je vous présente mes excuses.

— Excuses acceptées. Et franchement, je suis soulagé, ajouta Tanner tandis que le véhicule empruntait la rue principale, silencieuse à cette heure tardive. Parce que j'ai réellement l'intention d'être utile. J'ai du temps et de l'expérience. Rien de mieux ne pouvait m'arriver à cette période de ma vie.

Ils traversèrent la petite ville sans rien dire tandis que Lilian méditait sur l'ambiguïté de ces derniers mots.

Puis tout à coup, alors que la SUV empruntait la route défoncée qui menait à la propriété de ses parents, Tanner éclata de rire.

Lilian lui lança un regard en coin.

— Qu'y a-t-il de si amusant ?

— Vous étiez en train de parler de moi, dit-il d'un ton qui signifiait que cela l'amusait beaucoup.

— Comment ?

— Cora et vous étiez en train de parler de moi.

— N'exagérons rien. Je lui disais seulement que vous aviez l'intention de nous aider.

— Peu importe ce que vous disiez, gloussa-t-il. Je suis très flatté.

Lilian lui décocha un regard réprobateur mais

son cœur s'était mis à battre la chamade et elle sentait ses joues s'empourprer. Elles parlaient de lui, en effet, exactement de la manière qu'il soupçonnait.

— Ne soyez pas trop content de vous. Nous parlions de la commission.

Il lui tapota le bout du nez.

— Vous parliez de moi comme les filles parlent des garçons quand ils ne sont pas là... Que disiez-vous ?

— Nous parlions de subventions.

Un nouveau rire.

— C'est certainement comme ça que ça a commencé. Puis la conversation a dévié... Sinon, pourquoi Cora aurait-elle entrepris de flirter avec moi ?

Lilian lui jeta un bref coup d'œil, bouche bée.

— Elle ne flirtait pas avec vous !

— Si. Et vous êtes jalouse. C'est pour ça que vous faisiez la tête pendant que nous rejoignions la voiture.

La jeune femme était si confuse qu'elle ne savait plus quoi dire.

— Cora Beth ne m'intéresse pas, reprit son interlocuteur. Elle est comme une sœur pour moi. Son frère Joe était mon meilleur copain alors qu'elle jouait encore à la poupée.

Le reste du parcours, y compris au passage des trous et des bosses de la portion de route traversée par la crue, se passa dans un silence total. Lilian arrêta la voiture devant le porche mais, au lieu de sauter à terre, Tanner se pencha sur elle et éteignit le moteur ; puis, d'un geste aussi vif, il arracha les clés du contact et les fourra dans sa poche.

— Hé ! hurla Lilian.

Il était trop tard. Si elle tentait de récupérer ses clés, elle courrait à une situation plus dangereuse encore que celle dans laquelle elle était déjà.

— La seule femme qui m'intéresse à Wilmore, c'est vous, souffla-t-il dans la pénombre, sans se préoccuper de l'agitation de sa compagne. Mais vous ne voulez pas me fréquenter parce que vous ne m'appréciez pas. Et dire que vous m'avez contraint à mettre ma voiture en panne et à rejoindre cette commission !

— J'avais raison ! C'est seulement pour me harceler que vous vous y êtes engagé !

— Fusillez-moi !

— C'est exactement ce que vous méritez !

fit la jeune femme, exaspérée. Ou qu'on vous pende haut et court. Je vous connais assez maintenant pour savoir que vous n'abuseriez pas d'une femme mais vous devriez avoir assez d'éducation pour ne pas insister.

— Là ! Vous voyez bien que ça marche. Vous admettez vous-même que vous commencez à me connaître. Bientôt, vous me connaîtrez assez pour ne plus rien me refuser.

— Oh ! Tanner, gémit Lilian. Cela ne marchera jamais. Je n'ai rien à voir avec les petites dindes que vous fréquentez habituellement. Vous n'arrivez pas à m'impressionner.

— Que faut-il faire pour vous impressionner ?

Elle haussa les épaules.

— Je ne sais pas.

— Alors, prenons les choses sous un autre angle. Un homme a-t-il déjà réussi à vous impressionner ?

Lilian réfléchit une minute puis secoua la tête.

— Je ne crois pas. Je suis une droguée du travail. Je n'ai pas le temps de sortir.

— Je comprends ça.

Tanner s'étira sur son siège avec un bâillement.

— J'ai travaillé seize heures par jour, quand j'ai monté mon entreprise. Si vous voulez créer une franchise à partir de votre institut, il faudra être prête à tout sacrifier. C'est un choix…

— Comment savez-vous que j'ai l'intention de créer une marque franchisée ?

Il lui lança un coup d'œil.

— Ce n'est pas le cas ?

— Si. Mais je ne vois pas…

Elle s'interrompit dans un éclat de rire.

— Ah ! Je vois que, vous aussi, vous avez parlé de moi.

Il haussa les épaules.

— Oui, et alors ? Vous me plaisez et j'ai le courage de l'admettre… Vous me plaisez même tellement que je crois bien que je vais vous embrasser.

Pivotant sur son siège, il glissa une main derrière la nuque de sa compagne et l'attira vers lui. Lilian fut d'abord si étonnée qu'elle ne put réagir. Puis, quand elle s'aperçut qu'il prenait son temps, comme pour lui donner l'opportunité de l'arrêter, elle se détendit.

Elle aurait voulu crier stop, mais les mots

moururent sur ses lèvres. Plongeant ses yeux dans les yeux clairs du jeune homme, goûtant la caresse de ses doigts sur la peau tendre de son cou, Lilian prit brusquement conscience qu'elle aussi voulait ce baiser.

Au moins autant que lui.

4.

Tanner n'avait pas prévu d'embrasser Lilian — et découvrir qu'elle était suffisamment attirée par lui pour désirer cette étreinte le bouleversa jusqu'au fond de l'âme.

Comme le soir de leur rencontre, alors qu'il la tenait pour la première fois dans ses bras, il fut soudain saisi du besoin irrépressible de prendre d'elle tout ce qu'il pouvait. Tout ce qu'elle voulait bien lui donner. Il se rapprocha encore et l'attira contre lui. Et, pendant tout ce temps, leurs regards restaient noués l'un à l'autre...

En plongeant dans les pupilles sombres si joliment cerclées de mauve, Tanner eut l'intuition que tous deux s'embarquaient pour une aventure hors du commun...

Il goûtait la douceur de la joue de la jeune femme contre sa paume fiévreuse, la caresse soyeuse de ses cheveux entremêlés à ses doigts... sentait monter en lui des centaines de raisons pour l'aimer tout entière, là, tout de suite. Or il devinait que, même si elle le laissait faire, il n'y aurait pas d'autre fois. Elle ne laisserait jamais se créer d'autres occasions de se montrer aussi vulnérable...

Cette idée le laissa désorienté. Au bord d'un étrange désespoir. Il voulait davantage de sa compagne qu'une aimable accolade pour se souhaiter bonne nuit. Il voulait gagner sa confiance et son respect, pour qu'elle accepte enfin de prendre le temps de le connaître.

Dégageant sa main des cheveux de la jeune femme, il s'écarta doucement.

— J'ai envie de vous embrasser, Lilian. Mais je ne le ferai pas, dit-il lançant les clés sur ses genoux.

Il ouvrit sa portière... avant de changer d'avis. Une urgence qu'il n'avait jamais connue jusqu'alors le poussa à s'emparer de nouveau du regard de sa compagne tandis qu'il martelait ces mots :

— Je veux que vous ayez confiance en moi. Je veux que vous appreniez à m'aimer. Quand je vous embrasserai, ce sera pour vous faire mienne tout entière, jusqu'à la moindre parcelle de votre être.

Sur ces mots, il mit pied à terre et s'enfonça dans la nuit de juin.

Il monta les marches de la véranda de ses parents au petit trot, convaincu d'être hors jeu avec cette femme et d'avoir été fou de ne pas profiter d'un moment qui ne reviendrait pas.

Lilian entra dans son institut le lendemain matin les yeux rouges, souffrant d'une contraction dans la poitrine qui ne semblait pas vouloir disparaître. Jamais aucun homme n'avait réussi à l'émouvoir à ce point avec la seule menace d'un baiser. Et jamais elle n'aurait cru que cela pût la mettre dans un tel état d'attente et de désespoir à la fois.

Tanner McConnell était en train de la rendre folle.

Cora Beth fit son entrée dans la boutique comme une rafale de printemps.

— Alors ? s'enquit-elle, tout essoufflée. Que s'est-il passé ?

Lilian continua à aligner des flacons sur une étagère.

— Rien.

Cora eut un gémissement.

— Allons ! Ne me fais pas marcher. Je sais qu'il s'est passé quelque chose. T'a-t-il embrassée ?

Lilian se tourna vers son amie, l'air réprobateur.

— Cora ! Moi qui croyais qu'il te plaisait !

— C'est vrai. Mais c'est un peu comme à la loterie. Je sais pertinemment que je ne suis pas la seule à avoir un ticket.

Lilian se dirigea vers son bureau, à l'arrière du salon.

— Tu dis vraiment n'importe quoi.

— C'est mieux que de ne rien dire du tout, rétorqua Cora en lui emboîtant le pas. Je suis sûre qu'il a essayé de t'embrasser et que tu l'en as empêché.

— Tu te trompes.

Cora eut un gloussement joyeux.

— Tu l'as laissé faire !

Lilian secoua la tête.

— Il ne m'a pas embrassée.

Désappointée, Cora s'arrêta net.

— Personne n'a essayé d'embrasser personne, alors ?

— Pour faire simple, oui.

Lilian était parfaitement consciente que ce n'était pas tout à fait la vérité mais c'était mieux que de devoir expliquer quelque chose qu'elle ne comprenait pas elle-même.

— Alors, peut-être que tu ne l'intéresses pas, finalement, conclut Cora, encore sous le coup de la surprise.

— Cora, soupira Lilian en abandonnant sa tâche, la vie est parfois plus compliquée que ce que tu crois. On ne décide pas de faire sa vie avec quelqu'un au premier coup d'œil. La plupart des gens prennent le temps de réfléchir avant d'agir, tu sais.

C'était ce qu'elle n'avait cessé de se répéter toute la nuit. Tanner ne l'avait pas embrassée parce qu'il voulait d'elle quelque chose de plus. Il voulait gagner sa confiance. Il voulait qu'elle soit sienne tout entière.

Rien que d'y penser, elle tremblait.

Son instinct l'attirait vers cet homme comme jamais elle ne l'avait été auparavant. Une part d'elle-même lui chuchotait de s'abandonner. Une autre part clamait qu'il ne fallait pas. Parce que cela n'aboutirait à rien.

Ce qui la ramenait à la case départ. Elle pouvait apprécier Tanner. Elle pouvait le trouver l'homme le plus séduisant de la planète. Mais leur relation n'avait pas d'avenir. Et s'engager de tout son cœur dans une histoire éphémère pouvait faire très mal.

Elle en avait déjà fait l'expérience.

Quand Lilian le vit le mercredi soir dans la salle de réunion de l'hôtel de ville, tous ses sens furent aussitôt en alerte. Le seul fait d'être dans la même pièce que lui la faisait vibrer comme un violon.

— Bonsoir, dit-elle, se maudissant aussitôt parce qu'elle paraissait à bout de souffle, comme si elle avait compté une à une les minutes qui la séparaient du moment de le revoir.

Il sourit.

— Bonsoir.

Lilian savait qu'il voulait donner à son accueil un caractère amical et anodin, mais, à cause de la conversation qu'ils avaient eue dans son véhicule, il y avait entre eux une intimité qui conférait à chaque mot la douceur d'une caresse.

— Nous devrions nous asseoir, murmura-t-elle sans pouvoir arracher son regard de celui de son compagnon.

Il dit sans la quitter des yeux :

— Oui. Artie va commencer la réunion d'une minute à l'autre.

Puis il ferma les paupières et prit une profonde inspiration, comme pour la respirer de tous ses sens.

— Vous êtes encore en retard, ajouta-t-il dans un souffle.

Lilian opina du chef en le suivant. Il disait des mots sans importance, simplement parce qu'ils ne pouvaient pas rejoindre les autres avec cette tension qui crépitait entre eux.

— Dans mon métier, il est impossible de savoir quand on en aura terminé. Il suffit d'une cliente en retard pour que tout s'enchaîne…

— C'était pareil pour moi, constata-t-il, l'air étonné que des métiers aussi différents puissent avoir des points communs. Un pneu crevé, une circulation trop dense, une grève et tout le planning est à refaire.

— Est-ce pour ça que vous avez revendu votre entreprise de transport ? dit Lilian, s'asseyant machinalement sur la chaise qu'il lui présentait avant que lui-même ne s'installe à côté d'elle.

Autour de la grande table, les conversations particulières allaient bon train.

— Non. J'aimais beaucoup mon travail. Et

73

je compte bien retravailler bientôt, dès que je serai en Floride. En fait, on m'a fait une offre très correcte pour mon entreprise, et je me suis dit que c'était l'occasion ou jamais de changer de vie.

— Vous misez beaucoup sur votre instinct, n'est-ce pas ?

— Me croirez-vous si je vous dis que c'est très récent ? Jusqu'à présent, j'étais plutôt quelqu'un de rationnel, appliquant les règles au pied de la lettre. A présent…

Il s'interrompit, plantant son regard dans celui de la jeune femme.

— Maintenant, on dirait que tout a changé.

— S'il vous plaît, s'exclama alors Artie, couvrant le brouhaha. J'aimerais pouvoir ouvrir la séance… Comme d'habitude, vous avez tous sous les yeux un procès-verbal de ce qui s'est dit la dernière fois. Si vous n'avez pas de questions ou d'objections, j'aimerais que nous votions son approbation avant de passer à l'ordre du jour.

Tout le monde marmonna un acquiescement et Artie se mit à rapporter quelques appels téléphoniques destinés à initier leurs projets. Si donner ces informations lui prit moins de dix minutes, il fallut bien une heure à l'assemblée pour les commenter.

Quand tout se fut enfin apaisé, Tanner annonça :

— Moi aussi, j'ai passé quelques coups de fil.

Le visage d'Artie s'illumina.

— Fructueux ? fit-il, conscient que ses propres efforts n'avaient guère été payants.

Il ne paraissait pas étonné. Si Tanner était le bienvenu dans cette commission, c'était bien parce qu'on espérait grâce à lui non seulement se faire ouvrir les bonnes portes, mais aussi, pourquoi pas, se voir dérouler le tapis rouge.

— Oui, répondit Tanner avec un large sourire. J'ai découvert une fondation privée qui subventionne l'aménagement et la restauration des parcs et jardins municipaux.

Lilian ouvrit de grands yeux. C'était trop beau pour être vrai.

— Vraiment ?

— Il existe en Virginie une famille du nom de Smith dont un aïeul a créé au siècle dernier cette fondation. Et son seul objectif est de subventionner les petites villes qui veulent aménager ou réhabiliter des parcs publics. Il semblerait que la procédure soit relativement simple. Pour tout dire, si votre projet est accepté, vous aurez votre chèque le jour même.

Lilian le dévisagea.

— Vous plaisantez !

— Non. C'est une fondation privée, Lilian. Ils peuvent faire ce qu'ils veulent. Mais comme ils disposent de pas mal d'argent, ils se montrent discrets sur leur existence et sont extrêmement exigeants quant aux projets qu'on leur présente. Il faut pas mal d'efforts pour les trouver... et pour les intéresser.

— Mais, toi, tu les as trouvés en trois jours ! s'écria Artie.

— Grâce à mon carnet d'adresses, précisa Tanner avec un de ses sourires machiavéliques. Laissez-moi terminer. Si nous jouons bien nos cartes, cette famille financera complètement le parc. Et la piste cyclable par la même occasion.

— Et tout ça en trois jours ! répéta Lilian en se laissant aller contre le dossier de sa chaise.

Tanner lui adressa un clin d'œil.

— Je suis vraiment formidable.

Comme s'ils sortaient du même état de choc, les autres membres de la commission se mirent à parler tous en même temps. Félicitations, suggestions, exclamations diverses fusèrent dans la salle.

— Ne nous réjouissons pas trop vite, fit Tanner, suspendant aussitôt l'auditoire à ses lèvres, je répète qu'il faudra vraiment impressionner la famille.

— Pas difficile ! lança Doug McDonald. Nous sommes des gens honnêtes, compétents et raisonnables. Et avec vous dans notre équipe, nous sommes capables d'impressionner cette famille.

— Sans doute, mais… cette famille n'est pas tout à fait comme les autres. Son chef actuel passe pour… pour être un original. Et c'est lui, je veux dire « elle » qui contrôle les fonds.

— Je savais bien qu'il y avait un piège, marmonna Artie, dégrisé.

Tanner insista.

— On ne peut pas vraiment appeler ça comme ça. J'ai rencontré ce genre de difficulté des centaines de fois, quand je dirigeais mon entreprise. J'allais chercher des affaires dont personne ne voulait. En général, c'était parce qu'il y avait un petit obstacle que mes concurrents ne savaient pas par quel bout prendre. Tout ce que j'avais à faire, c'était de trouver la faille dans le système, et le tour était joué. C'est comme ça que j'ai gagné beaucoup d'argent. C'est exactement comme ça que nous devons agir. Nous devons trouver ce que cette femme attend réellement de nous et lui prouver que nous pouvons le lui donner. Il suffit d'y croire.

— Et toi, tu y crois ?

— Je me suis déjà entretenu avec les responsables administratifs de la fondation pour être reçu avec Lilian par Mme Smith. Il m'a semblé que, tous les deux, nous étions les mieux à même d'affronter ce genre de situation. Si nous nous avisons que c'est sans espoir, nous nous retirerons poliment. J'ai d'autres solutions sous le coude. Mais si ce n'est qu'une vieille dame un peu maniaque, nous avons toutes nos chances.

— D'accord, répondit Artie. Cela me paraît raisonnable.

— C'est raisonnable... Et plus rapide que d'obtenir de l'argent du gouvernement. Vous êtes partante, Lilian ?

— Tout à fait. Vous n'aurez qu'à me dire ce que vous attendez de moi.

— Rien de bien compliqué. Nous partons pour la Virginie demain matin.

78

— Superbe ! approuva Artie, un large sourire éclairant son bon visage. Je propose donc que nous ajournions le reste de l'ordre du jour et que nous nous revoyions vendredi. Ça vous va ?

— Cela devrait aller. Nous ne resterons pas là-bas plus d'un jour ou deux.

Lilian battit des paupières.

— Un jour ou deux ?

Tanner se tourna lentement vers elle.

— Oui. Nous déjeunons avec Mme Smith demain dans l'objectif de faire passer notre dossier devant sa commission le plus vite possible. Si ce n'est pas réalisable dans les vingt-quatre heures, nous rentrons. Mais si elle est d'accord pour nous recevoir demain soir ou vendredi, il faudrait être fou pour refuser.

— Mais… Et mon travail ?

— Cora Beth peut certainement vous remplacer ?

— Cora Beth a déjà bien assez de travail comme ça.

— Votre projet ne vaut-il pas un petit sacrifice d'une ou deux journées ?

La jeune femme respira à fond. Son objection ne tenait pas, en fait. Cora et la nouvelle esthéticienne qu'elle avait engagée pouvaient faire front. Non, le problème, c'était qu'elle ne voulait pas passer deux jours... et une nuit avec un homme qui la faisait fondre dès qu'il la regardait. Et Tanner en était parfaitement conscient. C'était pour ça qu'il ne l'avait pas consultée avant d'établir ses plans.

La main puissante de Tanner se posa sur son avant-bras.

— N'en parlons plus, Lilian. J'aurais dû vous consulter d'abord. Je vais rappeler Mme Smith et prendre un autre rendez-vous. Ou plutôt non, je peux très bien y aller tout seul. Nous n'avons pas absolument besoin d'être deux.

— A moins que je t'accompagne ? suggéra Artie.

Tanner secoua la tête.

— J'ai déjà fait ça des dizaines de fois. Je pensais seulement que l'enthousiasme de Lilian pour sa ville pourrait l'emporter. Mais je compenserai mon ignorance du dossier par un numéro de charme...

Il sourit et ajouta :

— Rassurez-vous, cela ira.

— On ne se fait aucun souci, mon vieux, approuva Doug avec un grand rire.

Artie tapa du plat de la main sur la table.

— Bien. Alors, c'est décidé. La séance est close pour aujourd'hui.

Le bruit des chaises qu'on repoussait sur le plancher remplit la pièce. Tanner se tourna vers sa voisine.

— Vous pouvez me raccompagner ?

La jeune femme haussa les épaules.

— Si vous voulez.

Elle se sentait un peu bête. Quelqu'un d'autre que Tanner lui aurait demandé de l'accompagner en Virginie pour deux jours, en mission pour la ville, elle n'aurait pas fait tant de difficultés. Mais en laissant ses sentiments personnels faire intrusion, elle commettait une erreur et une injustice.

Elle attendit qu'ils fussent presque en vue de la maison des parents de Tanner pour déclarer tout à trac :

— Je vais en Virginie avec vous.

Tanner repoussa son offre d'un geste de la main.

— Ne vous faites pas de soucis. C'est le premier contact. Je m'en sortirai très bien. A mon retour, nous pourrons établir ensemble une stratégie.

Il se tut et planta son regard dans celui de sa compagne.

— J'ai voulu aller trop vite en besogne. Je n'aurais pas dû… D'habitude, je suis un homme patient.

De petits frissons d'excitation coururent sur les bras de Lilian. Il avait une voix un peu rauque, très masculine. Mais c'était surtout sa manière de dire les choses les plus simples avec une sorte de sous-entendu délicieusement menaçant. Non seulement il insinuait qu'il lui accordait tout le temps de se laisser séduire, mais il affirmait également qu'il avait pensé que cette expédition pourrait favoriser son opération de séduction. Il savait que c'était ce qu'elle pensait — parce que c'était évident. Mais il avait parfaitement conscience d'avoir été trop vite. Et il tenait maintenant à la rassurer. C'était une erreur. Il l'admettait et il voulait qu'elle le sache. Qu'elle lui rende sa confiance.

— Je viens quand même.

Il la dévisagea tandis qu'elle arrêtait son véhicule devant le porche.

— Vraiment ? Vous êtes sûre ?

— Parfaitement sûre. Je sais à quel point la ville a besoin d'un parc, de terrains de jeu et d'un collège pour les jeunes, et d'un lieu de rencontre pour les plus âgés. Il faudrait avoir perdu la tête pour négliger une telle opportunité.

— C'est vrai, remarqua Tanner, la main sur la poignée de la portière. Mais nous avons le temps.

— Je ne voudrais pas qu'à cause de moi nous prenions du retard.

Il captura de nouveau son regard.

— Parfois, il est préférable de prendre son temps.

— Je sais.

Lilian humecta ses lèvres du bout de la langue. Elle comprenait parfaitement ce qu'il voulait dire. Il tenait à la persuader qu'il n'avait pas voulu la prendre au piège.

— Et je vous fais parfaitement confiance, acheva-t-elle dans un souffle.

Les doigts de Tanner se crispèrent sur la poignée. Un frisson parcourut Lilian. Tanner la fixait intensément. Il la retint prisonnière quelques secondes avant de baisser ses yeux sur sa bouche puis de les relever tandis que le temps semblait s'étirer comme un ruban. Les lèvres de la jeune femme frémissaient. Jamais elle n'avait désiré aussi fort qu'un homme l'embrasse...

Elle aurait pu faire elle-même le premier mouvement. Un léger baiser de sa part confirmerait qu'elle lui avait rendu sa confiance. Mais avant que son cerveau ait eu le temps de commander à ses muscles, Tanner ouvrit la portière.

— Merci de m'avoir raccompagné ! lança-t-il.

Et il sauta du véhicule, claquant la portière derrière lui.

5.

A 6 heures le lendemain matin, Tanner, assis dans un fauteuil à bascule sous la véranda chargée de glycines, regardait la SUV de Lilian remonter l'allée de ses parents. Quand la voiture s'arrêta devant le porche, il se leva et descendit les marches.

Il ouvrit la portière, s'installa et sourit.

— Bonjour.

— Bonjour, répondit la jeune femme, son regard appréciatif allant du costume vert olive en légère cotonnade au beau visage hâlé.

Il l'inspectait lui aussi, depuis son chignon très professionnel jusqu'à son tailleur bleu roi, très chic.

— Vous êtes très élégante, murmura-t-il d'une voix très basse.

— Merci, répondit-elle en démarrant. Vous aussi.

— Oh ! Ce vieux costume !

Il tirailla sur la manche de sa veste puis se mit à rire, ce qui la détendit aussitôt.

— Alors, où allons-nous ?

— Pour l'heure, à Smith Mansion, sur la plantation des Smith.

Il se tourna un peu sur son siège pour pouvoir la regarder en parlant.

— C'est une énorme maison blanche au milieu de la forêt. Ils élèvent des chevaux. Il paraît que c'est un endroit fantastique.

— Je déduis de toutes ces informations que les Smith sont les amis personnels de l'un de vos amis personnels.

— Exactement.

— Ce doit être agréable, constata Lilian d'un air pensif.

— Quoi ?

— D'obtenir ce qu'on veut en donnant simplement un ou deux coups de fil.

Il haussa les épaules.

— En effet.

— Je suppose que vous trouvez ça normal.

— Quoi ?

— D'obtenir ce que vous voulez quand vous voulez. Vous ne vous rendez probablement même plus compte de votre chance, tellement vous y êtes habitué.

— Vous vous trompez. Je l'ai particulièrement appréciée ces derniers jours. J'ai été très fier de pouvoir proposer une solution pour le financement du parc. Je ne m'étais pas rendu compte à quel point cette ville occupe une place de choix dans mon cœur…

— J'imagine que c'est toujours le cas, quand il s'agit de l'endroit où on est né, commenta Lilian en empruntant la bretelle d'autoroute qui menait vers l'Est.

— Oui, mais… il se passe quelque chose d'étrange. Durant toutes les années où j'ai vécu loin de Wilmore, la ville ne m'a jamais manqué. Et puis, tout à coup, depuis que je suis arrivé, j'ai été saisi d'une envie d'être utile dont je suis le premier étonné.

S'introduisant habilement dans la circulation, Lilian dit :

— Vous aimez peut-être votre ville plus que vous ne l'imaginiez.

S'il n'avait remarqué que les doigts de la jeune femme se crispaient sur le volant, jamais Tanner n'aurait pensé qu'elle pût attacher une quelconque importance à la conversation. Par inadvertance, elle venait de confirmer ses soupçons. Elle voulait qu'il aime la ville parce qu'elle voulait qu'il reste à Wilmore. Il savait que, en lui disant qu'il ne l'embrasserait pas parce qu'il voulait davantage, il avait encouragé chez elle ce désir d'une relation durable. Mais il savait tout aussi bien maintenant que c'était une erreur. Il avait agi un instant comme si ce dont il rêvait pouvait devenir réalité. Or ce n'était qu'un rêve…

Oui, il regrettait de l'avoir formulé à voix haute parce qu'il allait devoir faire marche arrière. Il n'était pas question pour lui de s'engager avec une femme qui voulait rester dans sa ville natale — pas plus qu'il ne s'engagerait avec une femme qu'il ne pourrait emmener avec lui.

Tanner préféra changer de sujet. Et la conversation roula agréablement, d'un sujet à l'autre, tandis que défilaient les kilomètres qui les séparaient de Smith Mansion. Ils défilèrent même si bien qu'ils arrivèrent une heure et demie en avance pour le déjeuner.

Ils s'arrêtèrent dans un drugstore de la petite ville voisine pour prendre un café.

— Eh bien ! dit Lilian en se glissant sur la banquette de cuir élimé qui disait l'âge vénérable de l'établissement. Y a-t-il quelque chose que je doive savoir avant de rencontrer Mme Smith ?

S'installant en face d'elle, Tanner eut un petit rire.

— Nous avançons dans l'inconnu le plus complet. Si ce n'est qu'elle a la réputation d'être excentrique, je ne sais rien sur cette dame.

— Nous devrions pouvoir triompher d'une excentrique.

— Sans aucun doute.

— Et où est passé le charme infaillible dont vous nous parliez hier soir ?

— Disons seulement que je crains qu'il ne soit un peu endormi, rétorqua Tanner avec sincérité.

Après ces deux dernières années, assez éprouvantes du point de vue professionnel, il n'avait perdu ni son sens de l'argent ni son intelligence, ni ses relations. Mais le charme était un atout assez versatile. Et, ces derniers temps, il l'avait perdu. Il avait continué à tendre le dos, travaillant plus par devoir que par passion. Pas étonnant qu'il ait fini par revendre son entreprise. Ni qu'il soit en quête d'horizons nouveaux.

Lilian lui tapota la main.

— Dans ce domaine, je crois que vous n'avez rien à envier à personne.

Vibrant sous le contact de cette main chaude et douce, Tanner leva les yeux.

— Vous non plus, il me semble.

Elle eut un large sourire.

— Mme Smith n'a qu'à bien se tenir !

— Oui. Je sens que nous allons n'en faire qu'une bouchée.

Tanner s'aperçut qu'il aimait faire équipe avec Lilian. Quelque chose lui disait que, avec elle, rien ne serait impossible…

Stop. Au début, tout ce qu'il désirait, c'était passer un moment agréable avec elle. Quatre ou cinq heures de son attention, puis quelques semaines plaisantes qui leur laisseraient un bon souvenir… Si le sexe s'en mêlait, ce serait un plus non négligeable. Sinon, il n'en ferait pas une affaire. Mais au lieu de suivre ce plan limpide et sûr, tout s'était soudain embrouillé. Seul dans sa chambre de jeune homme, dans la maison de ses parents, il savait parfaitement pourquoi il devait remettre leur relation sur le bon chemin. Mais quand il était avec elle, tous ses beaux raisonnements tombaient à l'eau. Et il n'avait plus qu'une envie : voir ce que demain lui réservait avec elle.

Et cette idée l'épouvantait. Il avait déjà échoué une fois. Par sa faute. Emmalee avait joué le jeu honnêtement. Mais lui travaillait trop, la laissait trop souvent seule, voulait des choses qui n'avaient aucun prix à ses yeux... Qu'est-ce qui pouvait lui laisser supposer qu'il en irait autrement avec Lilian, qui était encore plus attachée à sa ville natale que ne l'était Emmalee ?

Rien.

Et puis, Lilian était plus intelligente, plus spirituelle et plus intéressante. Elle avait une forte personnalité, difficile à manier.

Tanner avait voulu convaincre Emma de changer, et ce faisant, il l'avait presque détruite.

Non, il ne reproduirait pas les mêmes erreurs.

— Comment allez-vous, madame Smith ? dit Lilian d'une voix douce tout en serrant la main délicate que la vieille dame lui tendait. Je suis ravie de faire votre connaissance.

Edith Smith était l'image même de l'exquise courtoisie du Vieux Sud. Vêtue d'une robe de crêpe rose thé, ses cheveux châtain clair ondulant savamment autour d'une petite tête intelligente, elle ne paraissait pas son âge ; mais ses manières et le raffinement de son intérieur indiquaient qu'elle était d'une autre époque.

Elle les conduisit dans une élégante salle à manger au milieu de laquelle s'allongeait une immense table de chêne sombre. Trois couverts étaient mis à l'extrémité, devant les portes-fenêtres donnant sur le parc. Tanner conduisit la vieille dame à sa place puis présenta sa chaise à Lilian avant de s'asseoir en face d'elle. Outre des plats délicieux, leur hôtesse les régala de vieilles histoires du Sud et des exploits passés du grand Etat de Virginie. Devant son enthousiasme, on l'aurait crue témoin de la guerre de Sécession, l'une de ces courageuses femmes du Sud qui avaient essuyé le feu des combats. Elle charma si bien ses hôtes qu'ils commencèrent à se demander si on ne leur avait pas raconté d'histoires en la dépeignant sous les traits d'un vieux dragon lunatique.

Mais quand, après le déjeuner, ils allèrent dans le bureau pour présenter leur dossier, et que Mme Smith se fut installée derrière un large bureau de merisier, leurs rapports changèrent en un clin d'œil.

— Bien ! commença-t-elle après leur avoir d'un geste intimé de prendre place dans deux fauteuils de capitaine en cuir vert. Expliquez-moi un peu comment votre petit trou de province peut mériter notre argent.

Si la mâchoire de Lilian s'ouvrit en grand, Tanner ne se démonta pas.

— Nous ne sommes pas sûrs de mériter votre argent, madame Smith. Nous ne savons même pas ce qu'il faut faire exactement pour avoir des chances de l'obtenir. Nous sommes ici pour connaître vos critères. Quel genre de projet êtes-vous prête à subventionner ?

— Hmm ! commenta leur interlocutrice en le dévisageant d'un regard appréciatif. La balle est habilement renvoyée dans mon camp.

— Si vous le dites, commenta Tanner avec son sourire le plus charmeur.

— Hmm ! Vous devez avoir plus d'expérience que vous n'en avez l'air.

Elle prit une cigarette dans un coffret d'argent posé sur le bureau.

Tanner se leva immédiatement, un briquet à la main.

— Ne vous y trompez pas, madame Smith. Je ne parais sans doute pas très âgé à vos yeux… et pourtant j'ai non seulement créé une entreprise que je viens de revendre pour quelques millions de dollars, mais j'ai également survécu à une carrière brisée de footballeur professionnel et à un mariage raté.

La touche d'émotion qui fit vibrer sa voix quand il prononça le mot mariage fit frémir Lilian. Tanner n'avait rien de commun, en apparence, avec ces gens vulnérables que la vie ne manque pas, comme par malignité, d'atteindre en plein cœur. Et pourtant, elle avait devant elle un homme blessé. Sans croire pour autant que Tanner n'était qu'une innocente victime, comme Cora semblait le penser, la jeune femme subodorait que divorcer n'avait pas été pour lui une partie de plaisir. A l'évidence, il avait aimé Emma.

Et puis, il y avait cette blessure dont il ne parlait jamais. Là encore, il n'avait pas dû être facile de tirer un trait sur une carrière de footballeur, quand on en rêvait depuis toujours — même si une confortable indemnisation, rondement négociée, lui avait permis de rebondir. Il lui avait fallu beaucoup de courage pour faire surface.

— Je sais ce que c'est que de perdre quelqu'un que vous aimez, dit Tanner en parcourant la pièce du regard. C'est l'ancien bureau de votre mari, n'est-ce pas ?

Edith Smith opina rêveusement.

— C'est lui qui a choisi tout ce qui est ici...

— Ce devait être un sacré personnage.

— On le tenait pour un vrai démon à Wall Street, dans les années soixante. Cet homme était la réincarnation du roi Midas ; tout ce qu'il touchait se transformait en or. Il m'a beaucoup manqué, les premières années après sa mort. Il me manque toujours beaucoup. Je crois bien qu'il ne suffira pas de ce qui me reste de vie pour rendre cette souffrance moins intolérable.

Tanner acquiesça.

— Je comprends.

— Et vous ? interrogea la vieille dame en faisant signe à Tanner de se rasseoir. Qu'est-ce qui a brisé votre mariage ?

— Incompatibilité d'humeur, je présume.

Edith Smith grimaça.

— Facile à dire. Probablement n'avez-vous pas fait l'effort d'essayer...

— Au contraire. Je voulais vraiment que ça marche. Je croyais même faire tout ce qu'il fallait pour ça. C'est mon ex-femme qui a décidé de mettre fin à notre union. Elle m'a demandé

95

de partir et j'ai obéi. Je me suis établi à New York.

Lilian dut lutter pour ne pas regarder Tanner, bouche bée. Donc, tout ce qu'on racontait sur son divorce était faux ! Ce n'était pas lui qui avait abandonné Emmalee, c'était elle qui l'avait « renvoyé ». Et cela juste après son accident, au cours d'un match ! Tanner avait dû encaisser coup sur coup deux terribles échecs. De quoi mettre n'importe quel homme à terre.

Mai il n'en avait jamais dit un mot. Il ne parlait jamais de son passé.

— Franchement, dit Mme Smith, j'aimerais bien voir à quoi ressemble la femme qui s'est estimée trop bien pour vous.

Tanner rit.

— C'est une très jolie femme qui a épousé en secondes noces un type bien et a mis au monde trois fabuleux gamins. En fait, Artie est le maire de Wilmore. Il avait l'intention de m'accompagner à ce rendez-vous mais Lilian est vraiment la star de la commission de l'urbanisme. Je ne pouvais pas venir sans elle. Artie pourra venir la prochaine fois, si vous le jugez utile.

— Vous êtes ami avec le mari de votre ex-femme ?

96

— Cela fait dix ans que nous avons divorcé. Et j'ai passé la majeure partie de ces années loin de Wilmore. J'ai créé une entreprise et...

— Mais moi, j'habite toujours Wilmore, intervint Lilian, sensible à l'expression méfiante qui venait de traverser le regard gris de leur interlocutrice.

Edith Smith ne posait pas des questions au hasard ; elle cherchait à s'assurer de l'authenticité des liens qui les rattachaient à leur ville.

— Je suis née et j'ai été élevée à Wilmore, pour être précise, poursuivit la jeune femme. Nous avons été victimes d'une inondation, au printemps — à dire vrai, nous en avons tous les printemps mais celle-ci a été particulièrement sévère. Nous avons dû reconstruire des rues et des trottoirs et réhabiliter pas mal de bâtiments. C'est ce qui nous a donné l'idée d'améliorer les services offerts aux habitants. Les parcs publics ne sont pas seulement très décoratifs, on peut aussi y aménager des aires de jeux pour les enfants, des kiosques à musique, des itinéraires de promenades...

Elle sourit avant de conclure :

— Finalement, cette inondation a été une bénédiction du ciel, si j'ose dire.

Edith Smith eut un petit gloussement.

— Un appel venu du ciel ?

— Je dirais plutôt que cette épreuve a solidarisé ses habitants.

— Et m'a ramené à la maison, renchérit Tanner. La rivière longe la propriété de mes parents et les dégâts ont été considérables. Je suis revenu pour surveiller les travaux. Et c'est ainsi que j'ai entendu parler de cette commission de réhabilitation et de promotion de Wilmore. Construire un parc n'est qu'un aspect des travaux que nous projetons.

Mme Smith demanda à Lilian quels autres projets ils avaient en tête. Elle l'écouta avec une attention aiguë. Finalement, alors qu'il était presque l'heure de dîner, elle tapa du plat de la main sur la table.

— Eh bien... Il semblerait que vous sachiez ce que vous voulez et que vous soyez déterminés à l'obtenir.

Ouvrant un tiroir, elle en sortit une liasse de documents qu'elle tendit à la jeune femme.

— Voici le dossier à remplir. Vous serez entendus par mon comité dans deux semaines. Alors ne traînez pas des pieds. Renvoyez-moi ceci au plus vite.

Son regard alla de Tanner à Lilian puis revint à Tanner.

— Qui ma secrétaire doit-elle appeler pour fixer un rendez-vous ?

— Moi, dit Lilian en sortant aussitôt de son sac une carte de visite professionnelle.

Edith Smith parcourut la carte et fronça les sourcils.

— Vous êtes esthéticienne ?

— Oui, madame. J'ai un diplôme de gestion des affaires mais une de mes amies m'a convaincue d'ouvrir un institut de beauté à Wilmore. J'ai donc acheté le salon de coiffure de Flora Mae Fraser et...

— Et ?

— Et je voudrais en faire une marque franchisée.

— Comme c'est intéressant ! coupa Mme Smith d'une voix glaciale.

Son visage s'était figé en une moue désapprobatrice, presque méprisante. Son regard se posa sur le dossier qu'elle avait donné à Lilian comme si elle projetait de le lui arracher des mains.

Lilian déglutit péniblement.

— Je... je suis vraiment compétente, vous savez,

bredouilla-t-elle, redoutant d'avoir compromis en quelques mots les patients efforts de Tanner. De nos jours, pour diriger un institut de beauté, il faut avoir des diplômes !

— Des diplômes pour shampouiner des têtes et répandre des commérages ? ricana leur hôtesse en se levant. Ma secrétaire vous joindra sous quarante-huit heures pour vous donner rendez-vous, ajouta-t-elle en les reconduisant à la porte. Mais ne vous réjouissez pas trop vite. C'est moi qui ai le dernier mot !

Sur ce, elle ouvrit la porte en grand et, sans leur tendre la main, attendit qu'ils s'en aillent. Lilian et Tanner la saluèrent gauchement et, sans un mot, traversèrent le hall d'entrée, franchirent le seuil de la maison et descendirent les marches du perron. Lilian était en état de choc. Si elle avait bien compris le raisonnement de la vieille douairière, Wilmore risquait de perdre la subvention qu'ils étaient venus solliciter parce qu'elle, l'envoyée du maire, gérait un salon de beauté !

— Passez-moi vos clés, dit Tanner, visiblement conscient de son trouble.

Lilian obtempéra, les tempes bourdonnantes. Son pouls battait un tempo accéléré et elle avait du mal à respirer. Elle avait travaillé comme une folle pour décrocher son mastère de gestion puis sa licence d'esthéticienne, et elle avait dû se battre encore davantage afin d'obtenir un prêt pour l'achat du salon. Elle n'était pas une simple « coiffeuse ». Elle était une femme d'affaires. Et pourtant, Edith Smith venait de la mettre plus bas que terre.

Tanner roula lentement dans l'allée bordée de chênes centenaires jusqu'à la grille de Smith Mansion et se dirigea vers la route nationale. Il conduisit un long moment en silence puis, empruntant une petite route de traverse, s'arrêta sur le bas-côté et coupa le moteur.

Se reposant contre l'appui-tête, il soupira.

— Lilian ! Il ne faut pas que vous vous sentiez visée personnellement. Nous avions été prévenus qu'elle était bizarre. Nous l'avons vérifié à nos dépens.

Encore trop abasourdie pour réagir, Lilian murmura seulement :

— C'est le moins qu'on puisse dire.

— Allez ! Criez, tapez sur quelque chose, mais ne gardez pas tout ça pour vous. La réaction de cette femme était ridicule. Vous avez tous les droits d'être furieuse.

— Je ne suis pas furieuse. Je suis atterrée. Toute ma vie, j'ai vu Flora Mae Fraser entrer à l'église avec les plus jolies toilettes. La plupart des femmes de Wilmore ont travaillé pour elle d'une manière ou d'une autre. Elle était aimée et respectée de tous. C'était l'âme et le cœur de la ville et son salon était l'endroit où l'on venait se réchauffer, corps et âme. Pour l'amour du ciel, elle a gagné assez d'argent pour payer à ses deux filles des études de droit et acheter une maison en Floride ! Et quand elle a pris sa retraite, elle était suffisamment riche pour passer le reste de sa vie à jouer au golf et à séduire les vieux messieurs de la côte.

Lilian respira un grand coup et reprit, de la même voix haletante :

— Il y a beaucoup d'argent à gagner. Et j'ai assez d'inventivité pour attirer des professionnels désireux de créer leur salon et d'acheter une franchise. Je suis vraiment choquée qu'une femme aussi intelligente qu'Edith Smith ne puisse pas comprendre ça.

— Il y a des préjugés tenaces, murmura Tanner d'une voix apaisante.

Leurs yeux se rencontrèrent et, un instant,

102

le temps s'arrêta, frémissant d'une énergie subtile.

— Tanner, dit enfin Lilian, quand vous me regardez, que voyez-vous ?

Tanner, fasciné par la vibration violette de ses prunelles, déglutit avec peine.

— Je... Que voulez-vous dire ?

— Me voyez-vous sous le même jour que cette Mme Smith ? Comme quelqu'un qui rêve les yeux ouverts, une pauvre fille si incompétente qu'elle n'a pas su faire autre chose après ses études que de retourner dans sa ville natale pour y ouvrir un salon de beauté ?

— Maintenant, vous brodez sur les propos d'Edith Smith, Lilian. Et franchement, je ne crois pas qu'elle en ait besoin !

Son regard toujours planté dans celui de son compagnon, Lilian insista.

— Je ne fais que dire tout haut ce qu'elle pensait tout bas. Et je veux savoir si vous pensez comme elle.

— Non. La plupart du temps, quand je pense à vous, j'oublie complètement ce que vous faites parce que ce sont d'autres choses qui m'intéressent.

— Quoi, par exemple ?

— Lilian... Je n'ai pas envie de jouer à ce petit jeu-là.

— Répondez-moi.

— Je pense à vos yeux, à leur couleur étrange et magnifique. A votre peau qui me donne envie d'y faire courir mes lèvres...

Lilian détourna le regard.

— Deux fois, vous avez voulu m'embrasser, l'accusa-t-elle, s'étonnant elle-même de son agressivité, comme si elle avait voulu se venger sur lui de Mme Smith. Mais vous ne l'avez pas fait.

— La situation est compliquée...

— Je sais, Tanner, mais un baiser est un baiser. Cela n'a rien de si compliqué. Et pourtant, chaque fois, vous vous arrêtez, comme si quelque chose en moi vous repoussait.

Tanner gémit.

— Vous n'avez rien de repoussant, Lilian, loin de là !

Soudain décidé à le lui prouver, il passa la main derrière sa nuque et l'attira à lui.

Sa bouche était pleine et ferme, plus chaude et plus délicieuse encore que la jeune femme ne s'y attendait. Elle se referma sur la sienne avec une gourmandise impatiente, ouvrant ses lèvres sans effort, éveillant en elle des flèches brûlantes de plaisir. Ce fut un long baiser, sensuel et tendre qui, lorsqu'il cessa, laissa la jeune femme merveilleusement étourdie.

Personne ne l'avait jamais embrassée si tendrement ni avec une telle avidité.

Tanner se dégagea doucement.

— Voilà, murmura-t-il d'une voix rauque. Maintenant vous savez à quel point j'avais envie de vous embrasser.

— Je... Oui.

— Alors, que diriez-vous de rentrer à la maison ?

6.

Ce soir-là, à la réunion de la commission, assis en face de Lilian, Tanner regardait la colonne satinée de son cou dégagé par son T-shirt bleu pâle.

Il se passa plusieurs fois les mains sur le visage, empli d'un pénible sentiment de frustration. Comment la vie pouvait-elle se montrer assez injuste pour vous faire désirer à ce point quelqu'un que vous ne pouviez aimer ?

Il n'avait pas éprouvé de tels sentiments depuis Emmalee. Une partie de lui avait follement envie de s'abandonner à la joie en s'avouant qu'il était en train de tomber amoureux. Mais son autre moi, plus réaliste, ne cessait de lui rappeler combien catastrophique avait été le dénouement de sa précédente histoire d'amour...

Une fois la réunion déclarée ouverte par Artie, tous les yeux se tournèrent vers Lilian qui, souriante, sortit de son attaché-case une liasse de documents. C'était le formulaire de demande de subvention, rempli au traitement de texte et photocopié en un nombre suffisant d'exemplaires pour que chaque participant en ait un à sa disposition.

Tanner ne put dissimuler un sourire de satisfaction. Oui, décidément, Lilian était une vraie professionnelle.

— Nous allons relire les réponses que j'ai rédigées une par une, déclara-t-elle en faisant passer les documents. Mais vous constaterez vous-même que c'est ce que nous voulions.

Artie parcourut la première page, l'air dubitatif.

— Il y a quelque chose qui m'ennuie… La plupart des membres de la commission, qui n'étaient pas là à la dernière réunion, ne savent même pas que nous avons sollicité cette fondation. Nous n'avons donc pas pu nous concerter sur les réponses que nous désirions fournir.

Il leva un regard fermé sur Lilian.

— Il me semble que nous devrions tous emporter notre exemplaire chez nous et l'étudier tranquillement.

Parfaitement sûre d'elle-même, Lilian tenta de reprendre le contrôle de la situation.

— Nous ne disposons pas de beaucoup de temps, Artie. Le dossier doit être renvoyé au plus vite au secrétariat de Mme Smith pour que les membres de son comité d'attribution aient le temps de l'examiner d'ici quinze jours. Il faut prendre une décision ce soir !

— Moi non plus, je ne suis pas d'accord, intervint Doug, repoussant son exemplaire du plat de sa grosse main tavelée. Je sais que tu as fait de ton mieux, Lilian, mais il ne suffit pas de concocter quelques petites réponses par-devers soi et de remplir les lignes en pointillé. Il faut que quelqu'un de sérieux prenne le temps d'examiner tout ça.

Tanner vit toute une gamme d'émotions traverser le regard de la jeune femme. Mais au lieu de crier sa colère et sa déception, elle demanda calmement :

— Dites-moi, mes amis… Est-ce que vous sous-entendez par hasard que je ne suis que votre secrétaire administrative ?

— Mais non, bien sûr, se récria Doug, horrifié par sa bévue. Je sais que tu t'es beaucoup investie dans ce projet, Lilian… Mais tu n'es pas bien vieille. Tu ne connais pas la ville comme Artie, le vieux Jennings, notre toubib et moi !

— C'est vrai ça, Lilian, approuva quelqu'un d'autre.

Et tous d'opiner bruyamment.

Tanner parcourut rapidement les réponses formulées par la jeune femme. Puis il leva la tête et, cherchant son regard, la gratifia d'un sourire encourageant.

— Personnellement, tout me semble correct et conforme à ce que nous avions débattu. Mais si les participants à cette réunion, et les membres absents, veulent emporter ces documents pour les lire chez eux, pourquoi pas ?

Il adressa un sourire pacificateur à la cantonade et conclut en s'adressant plus particulièrement à Artie :

— Pourquoi ne pas nous laisser deux jours pour examiner tout ça et prendre une décision dimanche soir, lors de la prochaine réunion ?

Il lut dans le regard mauve un vif soulagement à l'idée que les choses ne traîneraient pas. Mais il y lut aussi quelque chose d'autre, comme une sorte de détresse.

— Oui, ce serait parfait, approuva Lilian d'une voix lente. Ainsi je pourrai rectifier mes réponses et poster le dossier dès lundi matin.

— Comme ça, leur comité aura tout le temps de l'examiner avant votre prochain rendez-vous, approuva Artie. Ça me va parfaitement. Donc, si tout le monde est d'accord, nous levons la séance et nous donnons rendez-vous dimanche soir. Lilian, ça te va ?

Elle acquiesça avec un petit sourire. Artie annonça que la réunion était terminée et Tanner demanda à Lilian de bien vouloir le raccompagner.

Dans la SUV, il se tourna vers elle.

— Ils ont tout de même du culot…

— Du culot ? Pourquoi ? demanda-t-elle nonchalamment.

Mais Tanner pouvait voir à ses traits tendus que la jeune femme était encore blessée.

— Vous vous démenez depuis des semaines pour la ville. Mis à part Artie, je n'ai vu personne d'autre lever vraiment le petit doigt, sauf pour assister aux réunions. Et encore, la moitié des membres ne sont pas là. Mais quand il s'agit de mettre son grain de sel, tout le monde a son mot à dire. Et ils ont la muflerie de ne pas vous faire confiance… Demander à vérifier vos réponses chez eux était une véritable insulte. Vous avez tout à fait le droit d'être en colère, Lilian. Alors, allez-y !

Son interlocutrice soutint calmement son regard.

— Je ne suis pas en colère. Bizarrement, je suis même contente. Pour une fois qu'ils s'intéressent vraiment à ce que nous faisons…

Tanner rit.

— D'accord. Prenons les choses sous cet angle. C'est une bonne chose qu'ils manifestent leur intérêt… mais ils auraient tout de même pu avoir un peu plus de tact.

— C'est une commission informelle, Tanner. Et, à part Artie, nous sommes tous sur le même plan. Personne n'a à prendre de précautions particulières avec moi.

— Comme vous voudrez… Mais ces gens-là vous ont vexée, je me trompe ? Et après la manière dont Edith Smith vous a traitée, vous devez vous sentir assez malheureuse, en ce moment. Ce n'est pas bon de refouler sa colère et son indignation, surtout quand elles sont légitimes.

— Vraiment ? fit Lilian, sarcastique.

— Voyez comme vous êtes amère ! Vous êtes folle de rage et vous avez besoin de le dire. Vous avez commencé hier, sur le chemin du retour…

Il s'interrompit une fraction de seconde, ne voulant pas faire allusion à la scène du baiser.

— Vous avez besoin d'aller jusqu'au bout de votre colère, Lilian. C'est le meilleur moyen de vous en débarrasser et d'agir avec sang-froid par la suite. Alors pourquoi ne pas profiter de notre tête-à-tête ? Je serai le seul témoin.

— Je n'ai pas besoin de me défouler.

— Mais si ! Vous bouillez littéralement de rage.

Les doigts de Lilian torturaient le volant.

— Vous l'aurez voulu !…

La voix nette de Lilian emplit l'habitacle.

— Je suis une femme de vingt-cinq ans pourvue d'un mastère d'économie et gestion de l'université de Charleston, Virginie-Occidentale. J'ai acheté un salon de coiffure que j'ai transformé en institut de beauté avec l'idée d'en faire une marque franchisée. Mais avant de pouvoir ouvrir un autre institut en dehors de

Wilmore, il faut que je prouve que je suis une artiste. Ou du moins, que mon concept, coiffure et soins de beauté, tient la route. Comme il me faudra quelques années pour en arriver là, mes compétences en économie et en gestion ont tout le temps de se rouiller. A moins que je trouve une activité qui soit davantage dans mes cordes. Et voilà que les inondations de printemps ravagent Wilmore ! Il va falloir trouver des fonds, les répartir équitablement, trouver des projets innovants, mobiliser les autorités compétentes. Bref, autant de tâches qui sont parfaitement de mon ressort.

La jeune femme tapa du poing sur le volant.

— Eh bien non ! Echec et mat. Même à Wilmore, ça ne marche pas comme ça. Une femme ne peut être qu'une bonne épouse, une coiffeuse ou une secrétaire administrative.

Elle laissa reposer un instant son front sur le volant, puis, se redressant, tourna un regard désespéré vers son compagnon.

— Même les femmes sont contre moi. J'essaie encore de comprendre la réaction de Mme Smith quand elle a appris ma profession, Tanner. Depuis hier, je ne pense qu'à ça.

113

— Lilian, intervint Tanner tandis que la SUV empruntait l'allée désormais remise à niveau de la propriété de ses parents, vous prenez ce que vous a dit Edith Smith trop à cœur. On nous avait prévenus que c'était une originale.

— Comment faire autrement ? Jusqu'à ce que vous entriez dans cette commission, jusqu'à ce que nous rencontrions grâce à vous cette Mme Smith, je pensais être sur la bonne voie, je croyais que tout était possible. A présent, j'ai l'impression d'être une véritable jobarde !

La voiture pila net devant les marches de la véranda et la jeune femme se tourna vers son interlocuteur.

— Comment ai-je pu bâtir de tels châteaux en Espagne ? murmura-t-elle dans un soupir. Je me sens tellement stupide !

— Vous n'êtes pas stupide et ce ne sont pas des châteaux en Espagne, martela Tanner en la dévisageant.

Mais les mots que venait de prononcer Lilian rampaient subrepticement dans son cerveau. « Jusqu'à ce que vous entriez dans cette commission, jusqu'à ce que nous rencontrions grâce à vous cette Mme Smith... »

Elle venait d'exprimer sa plus grande peur.

Comme pour Emmalee, il n'avait pas vu ce qu'il était en train de faire. Sans le vouloir, il avait interféré dans la vie de Lilian. Peut-être même en avait-il changé le cours pour toujours. En trouvant cette fondation et en présentant la jeune femme à Edith Smith, il avait mis en branle un processus pour lequel elle n'était pas encore prête. Quelques mois plus tard, la commission de promotion de Wilmore aurait peut-être découvert par elle-même cette fondation, ou une autre ; et Lilian aurait pris l'initiative aux côtés d'Artie. C'était sa faute à lui, Tanner, si elle se sentait désavouée. C'était à cause de lui qu'elle était sur le point de baisser les bras...

Il saisit la jeune femme par les épaules.

— Ecoutez-moi, Lilian. Tout le monde a le droit d'avoir des ambitions. Et personne ne mérite de les voir détruites par une vieille dame excentrique et rétrograde, complètement déconnectée de la réalité. Vous ne pouvez pas abandonner vos rêves à cause de ça.

— Vous croyez ?

— Absolument ! Vous devez continuer à tracer votre voie comme si vous n'aviez jamais été à Smith Mansion. Comme si vous ne m'aviez jamais rencontré.

Ses intentions avaient dû transparaître dans sa voix, car Lilian le considéra avec acuité pendant plusieurs secondes.

Puis elle demanda calmement :

— Cela signifie-t-il que vous allez partir ?

Il soutint son regard.

— Oui. Dès que possible. Pas parce que je ne tiens pas à vous… Mais au contraire parce que j'y tiens trop.

Lilian eut un sourire tremblant.

— C'est parfaitement logique…

Relâchant son étreinte, Tanner tâtonna dans l'ombre pour trouver la poignée de la portière.

— Cela peut paraître bizarre, en effet. Mais croyez-moi. Que ce soit comme amant ou comme mari, je suis une très mauvaise affaire. En quelques jours, je vous ai quasiment entraînée vers l'échec et l'autodestruction. Voilà ce que je suis, Lilian. Une force qui va. Et qui vous détruit. Je suis trop focalisé sur moi-même, sur ce que je veux. Je ne vois pas l'intérêt de ceux qui sont à mes côtés — jusqu'à ce qu'il soit trop tard.

Il ouvrit la portière et l'air frais se glissa dans l'habitacle.

— Je préfère partir avant de vous avoir fait trop de mal.

7.

Tanner, qui devait faire quelques courses à la droguerie du centre-ville pour son père, décida de faire une halte dans l'institut de Lilian.

Le ciel était bleu. Sur les flancs de la montagne dominant la ville, une brise légère agitait les feuilles des arbres. Leurs faces claires, exposées au soleil matinal, brillaient comme autant de diamants.

Par on ne sait quel miracle, les pièces de sa Mercedes avaient fini par arriver ce matin au garage ; techniquement parlant, le jeune homme était donc libre de partir quand il le voulait. Une fois qu'il aurait honoré son engagement de rencontrer le comité directeur de la fondation Smith, il prendrait la route. Il avait bien fait d'annoncer à Lilian son intention de quitter la ville…

Seulement, il ne parvenait pas à oublier leur baiser.

Il n'avait même pas besoin de fermer les yeux pour se rappeler la douceur frémissante des lèvres de Lilian pressées contre les siennes. Mais s'il fermait les paupières, toutes les sensations qu'il avait éprouvées alors remontaient en une lente et enivrante spirale. Il se sentait fiévreux et faible à la fois…

Plus important, il avait l'étrange impression que ce qui lui arrivait était parfaitement juste.

Quand il repensait à tous les événements qui les avaient fait se rencontrer, il avait la tentation de croire que c'était un coup du destin. Comme si une mystérieuse providence avait pourvu à leur bonheur. Et pourtant, cela ne pouvait pas être possible. En présentant Lilian à Edith Smith, il avait déjà mis la jeune femme dans une situation difficile. S'ils avaient vraiment été faits l'un pour l'autre, il serait pour elle une source de joie. Pas de tourment.

Non, Lilian n'était pas pour lui.

En apercevant la flèche d'or de ses cheveux dans la vitrine, il eut un grand soupir…

Il était dur de renoncer. Mais il lui avait fait assez de mal comme ça.

119

Jetant un regard par la large baie vitrée, Lilian vit Tanner tourner les talons et s'éloigner. Avec ses yeux baissés et le pli sévère étirant ses lèvres, il avait l'air de porter tous les péchés du monde sur ses épaules. La jeune femme s'arrêta de bavarder avec sa cliente, la vieille Mme Alshouse. Sa main se referma sur la monnaie qu'elle s'apprêtait à lui rendre et elle resta figée, comme victime d'un charme invisible.

Il lui suffisait de regarder Tanner, de l'entrevoir seulement, pour se souvenir des émotions qu'avait fait naître son baiser. Mais ce n'est pas sa grande bouche chaude et exigeante qui lui vint d'abord à l'esprit. Pas davantage la réconfortante sensation de ses bras puissants se refermant autour de son corps. Non, ce dont Lilian se souvenait d'abord, c'était l'expression du visage de Tanner, la flamme qui s'était allumée au fond de ses prunelles.

Surtout, elle avait lu dans son regard la même évidence qui s'était imposée à elle dès leur première rencontre. Il y avait dans ce qui leur arrivait la marque du destin, le signe que c'était quelque chose d'unique, qu'ils n'avaient pas le droit de laisser passer.

Mais Tanner n'était pas prêt à le reconnaître. Après un ou deux jours de réflexion, et sans la consulter, il avait résolu de jeter le gant. Il prétendait que c'était mieux pour elle. Qu'il n'avait jamais su rendre une femme heureuse. Mais, en fait, c'était parce qu'il n'avait pas envie d'essayer.

Et voilà qu'il lui tournait le dos. Qu'il s'éloignait sur le trottoir, sans même avoir eu le courage de venir lui parler. Or Lilian savait qu'il n'était ni faible ni lâche…

Il lui restait à admettre qu'il était simplement frivole et superficiel.

Comme Denis !

On ne pouvait pas refaire un homme. Même avec toute l'énergie et toute la foi du monde. Et la jeune femme avait bien d'autres projets en tête.

Comme de se tracer un chemin vers le succès et la prospérité.

Elle ne concurrencerait jamais Vidal Sassoon, bien sûr. Mais elle pouvait devenir quelqu'un dans le monde de la cosmétique. Elle en était persuadée.

Et justement, songea-t-elle en posant les yeux sur son carnet de rendez-vous, dans moins d'un quart d'heure, elle allait devoir s'occuper de Reggie O'Reilly. Et il lui faudrait trouver un moyen de convaincre la jeune fille, une ravissante lycéenne aux cheveux d'un beau blond vénitien, de tenter une nouvelle coupe. Gracieusement, bien sûr.

Parce qu'une jolie petite pipelette comme Reggie serait une excellente publicité.

— Comment ? Qu'as-tu fait ?

Lilian jeta un coup d'œil par la large ouverture qui séparait la cuisine de la salle de restaurant. Il n'était pas encore 18 heures et les habitués des soirées barbecue n'étaient pas encore arrivés. Après la conclusion désastreuse de son essai de coupe avec Reggie, elle avait confié l'institut à ses associées et était venue trouver un peu de réconfort auprès de ses parents.

Un petit groupe d'hommes étaient assis dans un coin, faisant durer leur verre tout en commentant un match de base-ball à la télévision. Mais le reste de la salle était vide.

— Je l'ai convaincue d'essayer cette adorable petite coupe et puis, quand elle s'est vue dans la glace, elle a littéralement piqué une crise de nerfs. C'est tout juste si elle ne m'a pas demandé de lui remettre ses cheveux à leur place.

Les parents de Lilian rirent de bon cœur. Sa mère, une petite femme énergique proche de la cinquantaine et son père, un homme jovial du même âge, étaient la vivante illustration du bonheur conjugal. Les Stephen avaient acheté le bar peu de temps après leur mariage. Joni Stephen avait appris à son mari à cuisiner pour l'aider quand les enfants étaient arrivés puis, quand ils furent élevés, elle avait elle-même appris à tenir un bar. C'était elle qui avait convaincu son mari de le transformer en restaurant. Au fil des années, une compétition amicale s'était installée entre eux.

Joni, s'inspirant des vieilles recettes du Sud, avait créé la recette du poulet planteur et le père de Lilian, Todd, s'était lancé dans la mise au point d'une savoureuse garniture de pizza qui avait fait sa réputation dans tout Wilmore et ses alentours. Dix ans plus tard, ils cherchaient toujours à se surpasser. Parfois, au faîte de leur créativité, ils organisaient des soirées dégustation pour tester leurs nouveaux plats et les clients, nourris gratis, devaient établir une sorte de classement pour distinguer qui des deux époux avait, pour cette fois, remporté la palme.

Comme on ne savait jamais quel jour tomberait cette aubaine, le restaurant affichait complet tous les soirs à partir de 19 heures.

A vrai dire, c'était même ce qui avait donné à Lilian l'idée de ces coupes de cheveux gratuites pour se faire une publicité.

— Donc, ce fut un échec, conclut Joni Stephen.

— C'est le moins qu'on puisse dire. Reggie avait l'air positivement horrifiée.

— Ne s'agit-il pas de cette jolie petite blonde toujours assise deux rangs devant nous à l'église ? s'enquit Todd.

Ce faisant, il tournait sur deux doigts sa fameuse pâte à pizza, avec sa virtuosité coutumière.

— C'est elle, soupira Lilian.

— Mais, ses cheveux n'étaient-ils pas déjà coupés très court ? s'étonna le brave homme.

— Ils étaient courts, oui, mais impossibles à coiffer parce que naturellement trop bouclés. Je lui ai fait une coupe qui lui permet de se coiffer avec deux doigts.

Sa mère haussa les sourcils.

124

— Mais alors, pourquoi n'est-elle pas contente ?

— Parce que ses cheveux sont beaucoup plus courts qu'ils ne l'ont jamais été.

— Waouh ! Enfin, Lilian, tu ne lui as tout de même pas rasé la tête ?

— Non, marmonna Lilian, les yeux baissés.

— Mais c'est tout comme ! compléta son père avec un gros rire. Ne t'avons-nous pas toujours conseillé de bien comprendre les souhaits de ta clientèle avant de prendre des initiatives ? Surtout dans ce métier...

— Oui.

L'attention de la jeune femme fut attirée vers la porte du restaurant, qu'un client venait d'ouvrir.

Tanner McConnell s'encadra dans l'embrasure.

Du coin de l'œil, la jeune femme vit sa mère donner un coup de coude dans les côtes de son mari en marmonnant entre ses dents :

— Tiens ! Voilà qui va lui changer les idées.

— Ma carrière est ruinée, maugréa Lilian

125

par-dessus son épaule. Ce n'est pas un homme, aussi sexy soit-il, qui va m'en consoler.

— Tiens ? Et où as-tu pris ce genre de priorité ? s'étonna son père.

— C'est toi qui me l'as enseignée, le jour où tu m'as inscrite à l'université. Tu ne te souviens pas ?

Sur ces mots, la jeune femme pirouetta sur elle-même et s'approcha du bar.

— Bonsoir. Que prendrez-vous ? demanda-t-elle à Tanner en fuyant désespérément son regard.

Tout à coup, elle aurait aimé rentrer sous terre. Toute la ville devait être au courant de sa mésaventure. Même un esprit supérieur comme Tanner McConnell pouvait s'en amuser.

En attendant sa réponse, elle s'affaira derrière le bar, comme si elle était très occupée. Mais Tanner resta silencieux si longtemps qu'elle dut lever la tête, abandonnant les verres qu'elle essuyait sans nécessité. Quand leurs yeux se rencontrèrent, le cœur de la jeune femme manqua un battement. Vêtu d'un polo noir et d'un jean, ses cheveux blonds fraîchement coiffés, Tanner lui fit l'effet d'un merveilleux dessert auquel elle n'aurait pas le droit de toucher.

— J'ai entendu parler de vos ennuis.

Lilian respira un grand coup.

— Eh bien ! Voilà que l'affaire est devenue tout à fait officielle ! Il ne me reste plus qu'à fermer boutique.

Elle dégagea prestement sa main, que Tanner venait d'emprisonner dans la sienne.

— Que prendrez-vous ?

— Une bière.

Il indiqua sa marque préférée et Lilian lui tourna le dos pour remplir un bock. Tanner se passa la main dans les cheveux, en se demandant encore ce qu'il faisait là. Tout ce dont il se souvenait, c'était que, en apprenant la nouvelle de la coupe de cheveux ratée, il avait eu le sentiment que Lilian aurait besoin de réconfort. Etre conscient qu'il s'était déjà assez mêlé de ses affaires n'avait pas suffi à l'arrêter.

La jeune femme était ridiculement jolie avec son jean moulant et son T-shirt qui dévoilait à demi son nombril. Elle avait attaché ses cheveux en une fluide queue-de-cheval qui dansait autour de ses épaules à chacun de ses mouvements, le tentant, l'aguichant, comme pour mieux lui rappeler que la jeune femme n'était pas pour lui.

Lilian posa le bock de bière sur le bar d'acajou et, comme il plongeait la main dans sa poche pour la payer, elle l'arrêta aussitôt d'une brève remarque.

— Si vous restez pour la soirée barbecue, autant vous ouvrir un compte.

— Ah ? C'est la soirée barbecue ? demanda-t-il, inexplicablement heureux d'être tombé au beau milieu de l'événement le plus couru de Wilmore, en dehors des fêtes locales.

Le vendredi soir était officiellement la soirée des amoureux, le samedi soir, les parents de Lilian faisaient souvent venir un orchestre de country music ou un groupe de musiciens et chanteurs cajuns. Mais, ne serait-ce que pour sa convivialité bon enfant, rien ne valait la soirée barbecue.

— Vos parents font-ils toujours ces soirées dégustation ? Je me souviens avec nostalgie des énormes pizzas de votre père et de toutes ces innovations culinaires qu'on peut déguster à l'œil à condition de participer à l'élection du meilleur plat…

Tanner vit Lilian retenir un sourire.

— Il y a deux semaines, ils ont fait des tacos. Ma mère a sorti le grand jeu — sa marmite de crustacés. C'est mon père qui a fait la sauce au piment. Tellement forte que les gens en pleuraient. J'ai bien cru que Georges Peterson allait finir la soirée à l'hôpital.

Comme elle finissait sa phrase, la porte du restaurant s'ouvrit sur la famille O'Donnell au grand complet, leur visage réjoui trahissant leur intention de faire chez eux leur repas du mardi soir. Automatiquement, Lilian tendit le bras pour attraper un minuscule tablier rouge vif. Elle le noua autour de sa taille et Tanner retint son souffle. Quand il réalisa que le tablier se posait de lui-même sur les hanches rondes de la jeune femme, laissant nue la bande de peau satinée de son ventre, il laissa échapper son souffle dans un léger sifflement. Par chance, Lilian était déjà partie accueillir les nouveaux arrivants.

Il se frotta de nouveau la nuque, se fustigeant d'être aussi stupide. Il pouvait avoir toutes les femmes qui lui plaisaient à peu près partout dans le monde et le voilà qui tournait dans les jupons de la seule femme qu'il avait choisie de sacrifier sur l'autel de la rigueur et de l'honnêteté. Son obsession était absurde et commençait même à l'inquiéter.

La porte s'ouvrit de nouveau et, cette fois, deux familles entrèrent à la queue leu leu. Comme Lilian n'avait pas fini de prendre la commande des O'Donnell, Tanner se leva du haut tabouret sur lequel il avait pris place et s'empara d'une pile de menus posés sur une étagère au-dessus du bar. Sur son chemin, il croisa Lilian.

Calant son crayon derrière son oreille, elle lança :

— Vous n'êtes pas obligé de faire ça.

Il sourit.

— Je sais. Mais ce n'est pas grand-chose. Je vais donner ça aux nouveaux venus pendant que vous allez porter la commande des O'Donnell à vos parents. Le temps que vous reveniez, les Fisher et les Johnson seront probablement prêts à commander.

— D'accord, opina la jeune femme.

Et elle poussa un soupir de soulagement en se dirigeant vers les cuisines.

— Bonjour, Tanner, s'exclama Marc Fisher en asseyant son gamin de sept ans sur une chaise. C'est toi qui es de corvée, ce soir ?

Tanner leur distribua les menus.

— Je donne un coup de main.

— Pas besoin des menus, intervint la femme

de Marc, Jennifer. Nous voulons trois brochettes de poulet grillé aux poivrons et aux noix de cajou chacun. Avec un grand plat de frites et des cocas pour les enfants.

— C'est comme si c'était fait.

Tanner rassembla les menus, et, tournant les talons, mit le cap sur la table à laquelle s'étaient installés les Johnson. Il leur donna les menus et rebroussa chemin vers la cuisine.

— Les Fisher veulent…

— Ecrivez-nous ça sur un de ces calepins, mon gars, dit Todd Stephen, apparemment habitué à avoir un serveur bénévole dans ce restaurant familial fréquenté par des gens qui se connaissaient tous depuis des années. C'est pour les impôts…, ajouta-t-il avec un grand clin d'œil. Puis posez la fiche sur le comptoir. Maman et moi, on s'occupera de remplir les assiettes. Vous, vous vous occupez des boissons et vous rajoutez des couverts là où il y en a besoin.

Todd désigna du menton une grosse cloche d'argent suspendue à côté des rangées de bouteilles.

— Nous sonnerons ici quand ce sera prêt.

Tanner saisit un calepin vert et un crayon.

— C'est parti.

131

Content de voir que les parents de Lilian accueillaient favorablement son aide, Tanner fut surpris de lire de l'hostilité dans le regard de leur fille.

— Je le répète, vous n'êtes pas obligé de faire ça.

— Je sais, repartit Tanner en prenant une carafe pour la remplir de coca. Mais il y a longtemps que je n'ai rien fait d'aussi amusant.

Lilian posa deux chopes de bière et un coca sur son plateau avec tant de vigueur que quelques gouttes s'en échappèrent.

— Je ne sais pas si nous devons être flattés de vous servir de terrain de jeu. Tout vous semble peut-être très drôle dans cette brave ville de Wilmore, Tanner, mais il y a des gens pour qui la vie n'est pas facile, ici. Et qui travaillent dur. Votre manière de tomber un beau jour d'on ne sait où pour nous donner un coup de main puis de disparaître quand ça vous chante peut nous faire plus de mal que de bien.

Elle s'interrompit pour soulever son plateau puis ajouta avant de s'éloigner :

— Je ne parle pas seulement du restaurant. C'est aussi valable pour la commission.

Eberlué, Tanner la regarda s'éloigner, toute fumante d'une rage à peine dissimulée.

Comme il savait pertinemment que la jeune femme appréciait à sa juste valeur l'aide qu'il apportait à la commission, il ne mit pas long-temps à comprendre ce qui n'allait pas. Lilian lui en voulait de mettre fin à leur relation avant même qu'elle ait commencé. Or il ne le désirait pas plus qu'elle... Il avait pris cette décision pour son bien. Et elle le savait. Il le lui avait dit clairement. Aussi ne voyait-il pas pourquoi une décision qui leur évitait beaucoup de peine, de part et d'autre, la mettait dans un tel état de fureur.

— Le mieux serait que nous alternions les tables, lui dit-il en la croisant alors qu'il allait servir les boissons aux Fisher. Les prochains clients sont pour moi.

— Comme vous voudrez, dit Lilian en se faufilant entre lui et la rangée de tables.

Celles-ci étaient si proches les unes des autres que, pour le croiser sans le toucher, la jeune femme devait quasiment s'arrêter de respirer... Ils allaient passer quelques heures ensemble, et, étant donné l'exiguïté des lieux, dans une grande proximité. Et, visiblement, cela ne lui plaisait pas du tout…

Cela amusa Tanner de constater que l'attraction qu'il exerçait sur elle la mettait en colère. Puis cette idée éveilla en lui une onde de délicieuse chaleur… Il avait su dès le début qu'il ne s'agissait pas d'une attirance à sens unique. Et il ne pouvait empêcher son ego d'en être agréablement satisfait.

Tanner se retourna au moment précis où deux couples entraient dans le restaurant en riant. Il tapota sa poche pour s'assurer qu'il avait bien son calepin et se rua dans l'allée centrale alors que Lilian revenait au bar pour y prendre ses boissons. Attentif à ne pas la toucher, il la contourna habilement et se dirigea vers sa tablée.

Tandis qu'il prenait les commandes, deux autres groupes arrivèrent. L'un d'eux s'assit près du juke-box, y insérant aussitôt des pièces de monnaie — et la musique de s'ajouter à la cacophonie ambiante. Lilian prit les commandes du second groupe qui s'était assis à une table près du bar. Dans un long enchaînement parfaitement huilé, elle alla jeter sa commande sur le comptoir, attrapa des verres, versa les boissons qu'elle leur servit puis se dirigea vers le groupe à côté du juke-box avant même que Tanner ait fini de prendre sa précédente commande.

— Je m'occupe des prochains, lança-t-il, avec l'impression grotesque d'avoir entamé une des compétitions les plus importantes de sa vie.

Apparemment, Lilian avait décidé de se débarrasser de lui en lui donnant l'impression qu'il était lent et maladroit.

Donc inutile.

Mais il n'était ni lent ni maladroit. Et il avait bien l'intention de le lui prouver.

A partir de ce moment-là, tout n'apparut plus à Tanner que dans une sorte de tourbillon indistinct. Il prenait les commandes, versait cocas, sodas et bières en un flot ininterrompu, distribuait menus, serviettes en papier et corbeilles de pain comme s'il avait huit bras. Ou qu'il était né pour ce métier-là. Comme Lilian et lui faisaient de leur mieux pour éviter de se toucher, ils étaient devenus d'une merveilleuse adresse, pivotant, esquivant l'autre d'un coup de reins ou de torse en un étonnant ballet acrobatique et… délicieusement sensuel.

Et puis, tout à coup, la mince silhouette de Reggie O'Reily s'encadra dans la porte d'entrée. Elle entra dans le restaurant, ses parents sur les talons.

— Je m'en occupe, dit aussitôt Tanner en voyant Lilian se décomposer.

Comme s'il avait suggéré quelque chose de vil, voire d'insultant, Lilian pivota vers lui, le regard plein de flammes.

— C'est moi qui m'en occupe.

Il immobilisa la petite main fine posée sur la pile de menus.

— Ce n'est peut-être pas une bonne idée. Si Reggie choisit de faire un esclandre ici, votre réputation sera définitivement par terre.

— Vraiment, Monsieur je sais tout ? Et s'ils sont venus exprès pour me voir ? De quoi aurais-je l'air en fuyant la confrontation ?

— Et s'ils ne sont venus que pour manger tranquillement en famille ? suggéra Tanner d'une voix calme.

— Ça suffit, vous deux, intervint la mère de Lilian. Il est temps que vous fassiez une pause pour manger un morceau. Todd et moi, nous allons servir ce qui est prêt.

— Non, maman, nous allons arrêter de nous disputer.

136

— Oui, madame Stephen, répéta Tanner. Nous allons arrêter. Vraiment.

— Trop tard pour les promesses, répondit Joni avec un petit gloussement. J'ai dit repos !

— Parfait ! s'exclama Lilian en jetant son tablier sur le comptoir. Après tout, ça ne peut pas nous faire de mal.

Elle se dirigea vers une porte à demi dissimulée derrière le bar et, un peu hésitant, Tanner la suivit. A la seconde précise où la porte se referma, Lilian bondit sur lui comme une tigresse.

— Cessez de me faire sans arrêt la leçon !

Il la dévisagea. Il s'était juré de ne plus interférer dans les affaires de la jeune femme. Il n'avait fait que lui donner un conseil d'ami.

— De quoi diable parlez-vous ?

— Vous croyez toujours tout savoir !

Elle eut un soupir rageur et reprit :

— Vous n'êtes pas obligé de me donner votre avis chaque fois que je rencontre un problème !

— Je vois..., murmura Tanner. Vous ne supportez pas que je vous ai vue échouer.

Lilian se mit à marcher de long en large dans

la petite pièce qui servait à la fois de débarras et de salle de repos.

— Ça m'est complètement égal. Pour l'amour du ciel, Tanner, la moitié de la ville sait que j'ai raté cette stupide coupe de cheveux. Alors, un témoin de plus ou de moins…

— Alors, si ce n'est pas pour ça que vous m'en voulez, il n'y a qu'une autre raison.

Elle lui fit face.

— Laquelle ?

— Vous avez envie de moi.

Il fit cette sortie avec son sourire le plus charmeur, la provoquant délibérément — elle était si contractée qu'elle semblait sur le point d'exploser. Pire encore, elle risquait de dire quelque chose qu'elle regretterait, à peine revenue dans la salle de restaurant…

— Oh !… Vous êtes tellement obsédé par vous-même que je ne trouve plus mes mots.

— Alors, dites-moi que je me trompe, insista Tanner en avançant prudemment vers elle.

— Tout ceci est absurde.

Tanner posa les mains sur les épaules de la jeune femme.

— Dites clairement que c'est faux.

— Je n'ai aucune envie de coucher avec vous, articula Lilian.

Les derniers mots s'étaient perdus dans un souffle. Tanner eut un petit rire.

— C'est bien ce que je pensais. Décidément, nous faisons la paire… Moi, j'essaie de garder mes distances pour vous épargner, vous, vous faites tout pour m'ignorer. Et nous sommes aussi malheureux l'un que l'autre.

— Peut-être… Mais vous, vous échouez seulement à m'éviter. Moi, en ce moment, je rate tout ce que je touche.

— Ce n'est pas vrai. Vous avez peut-être raté une coupe de cheveux. Ce n'est pas la mer à boire… Vous êtes-vous demandé si ce n'était pas parce que notre entrevue avec Mme Smith vous a déstabilisée ? Pardonnez-vous à vous-même et repartez d'un bon pied.

— Je ne peux pas. Je n'ai pas le droit de commettre des erreurs.

— Lilian, si vous voulez construire votre propre affaire, vous devez vous habituer à faire des erreurs. Il y aura de bons et de mauvais jours. Dites-vous que c'est un mauvais jour de moins et n'y pensez plus.

Il semblait si tendre et si sincère que Lilian

se sentit fondre. Comme il la tenait déjà par les épaules, elle n'eut qu'à faire un pas pour se blottir dans ses bras.

— Oh ! Tanner, gémit-elle en pressant sa joue contre sa poitrine. Sa nouvelle coupe lui allait si bien ! Pourquoi a-t-il fallu qu'elle se mette à pleurer ?

Il la serra passionnément contre lui.

— Je ne sais pas. Ce n'est encore qu'une gamine. Peut-être a-t-elle été surprise. Quand on veut réussir, il faut prendre des risques. Dans votre cas, c'est d'autant plus risqué que vous devez jongler avec des paramètres que vous ne pouvez contrôler. Et, croyez-moi, ajouta-t-il en la regardant dans les yeux, les humeurs d'une adolescente sont une des choses les plus imprévisibles du monde !

Lilian ne put retenir un éclat de rire.

— Ça va mieux, maintenant ? s'enquit-il en la serrant plus fort contre lui.

La jeune femme aurait pu rester où elle était pour le reste de ses jours mais il fallait regarder la réalité en face. Elle devrait un jour ou l'autre affronter Reggie et ses parents. Et, un jour ou l'autre, Tanner partirait. Il l'aimait bien, il la désirait, mais, pour une raison qui ne regardait que lui, il avait décidé de la fuir. Elle aurait aimé l'en dissuader. Mais ce n'était pas la bonne méthode. La décision devait venir de lui. Et de lui seul.

Reculant d'un pas, elle s'arracha à son étreinte.

— Il faut y aller, maintenant.

— Etes-vous sûre de ne pas déclencher la Troisième Guerre mondiale avec moi dès que nous aurons mis un pied dehors ?

— Hé ! Si je suis capable de me tirer d'affaire avec Reggie et ses parents, je devrais pouvoir me sortir vivante de vos griffes.

A peine sortie de son repaire, Lilian s'empara de son carnet de commandes et mit le cap sur la table de la famille de Reggie. Tanner, qui la suivait, prêt à voler à la rescousse, retint son souffle. Puis, quand il vit l'accueil chaleureux que reçut Lilian, il s'arrêta net. Il n'avait pas besoin d'entendre la conversation pour comprendre que Reggie, loin d'être bouleversée par sa nouvelle coupe de cheveux, en paraissait maintenant très satisfaite. Elle passait nonchalamment ses doigts dans ses mèches d'or roux, s'amusant à se donner chaque fois un nouveau look. Puis, regardant d'assez haut son entourage, elle souriait d'un air béat.

Les bras croisés, appuyé d'une hanche au comptoir, Tanner observa de loin la conversation animée entre la mère de l'adolescente et une Lilian toute souriante. Il retint un hochement de tête narquois… Faire marcher une entreprise de transport lui semblait une vraie partie de plaisir comparé à la bonne gestion d'un salon de beauté. Pour son compte, il préférait de loin se colleter avec six énergiques camionneurs plutôt qu'avec une seule ado capricieuse.

Il alla chercher son carnet de commandes et, quand il pivota pour embrasser la grande salle du regard, il vit Emmalee, Artie et leurs trois enfants assis à une grande table dans un angle près de l'entrée. Emma l'aperçut et agita la main dans sa direction.

Tanner se figea. Il avait l'étrange impression que, après dix ans de silence, Emma avait envie de renouer le contact. Et il se rappela pourquoi il était si content de partir s'installer en Floride… Il ne voulait pas se réconcilier avec son ancienne femme. Ni maintenant, ni jamais. Ce n'était pas seulement parce qu'elle l'avait blessé, c'était la manière dont elle l'avait rejeté. Les propos blessants qu'elle avait tenus...

La rumeur selon laquelle c'était lui qui n'avait pas voulu l'emmener quand il était parti pour New York avait préservé son amour-propre, mais il commençait à réaliser que c'était peut-être Emma qui avait tiré la bonne carte.

Les gens pensaient toujours qu'elle était une princesse, la mascotte de la ville, planant au-dessus des petitesses et des insultes. Et puis, elle était devenue la femme du maire, une heureuse maman. Mais, au moment de leur rupture, elle s'était montrée sous un autre jour. Et, quand elle l'avait bombardé d'accusations, elle s'était bien gardée de prendre en considération la situation difficile qu'il traversait.

Elle ne lui avait pas donné de seconde chance.

Il lança un coup d'œil à son carnet de commandes, toujours posé sur le comptoir, et secoua la tête. Elle adorerait ça. Elle adorerait le voir aller de table en table, un crayon derrière l'oreille et un sourire affable aux lèvres, jouant le serveur. Et s'il y avait une chose dont Tanner avait fait le serment, c'était de ne plus jamais faire ce qu'Emmalee aimerait le voir faire.

Il recula dans l'ombre du bar, lorgna du côté de Lilian. Tout allait bien pour elle. Elle rayonnait littéralement, sans doute grâce aux compliments des parents de Reggie. La soirée touchait à sa fin et le flot des arrivants s'était ralenti. Bientôt, la jeune femme et ses parents n'auraient plus qu'à s'occuper des clients du bar. Il avait accompli sa mission. Elle n'avait plus besoin de lui.

Il eut un pincement au cœur en réalisant à quel point c'était vrai. Lilian Stephen n'avait plus besoin de lui.

Il pouvait partir.

Sans bruit, discrètement, il se glissa par la porte de derrière.

8.

Lilian roulait sur la route menant chez les McConnell, indifférente à l'arc-en-ciel de couleurs pourpres et or qui jouait sur les flancs des montagnes tandis que le soleil se levait lentement sur l'horizon, sourde au chant de la rivière qui coulait en contrebas de la route et aux bruits de la nature s'éveillant dans la forêt. Toute son attention était concentrée sur l'entrevue que Tanner et elle allaient avoir dans quelques heures avec le comité de la fondation Smith.

Nulle trace de Tanner quand la jeune femme s'arrêta devant les marches de la véranda de la grande maison blanche. Elle vit une lumière diffuse au travers des panneaux de verre de la porte d'entrée, mais les volets étaient fermés. Pas un bruit. Tout était si calme qu'elle redouta un instant que Tanner ait oublié leur rendez-vous.

Lilian avait parfaitement remarqué la manière dont il avait pris la poudre d'escampette, le soir où il était venu les aider, elle et ses parents. Et elle savait que, s'il avait agi ainsi, c'était parce qu'il ne voulait pas qu'elle se méprenne sur ses quelques gestes de réconfort. Il n'avait pas changé d'avis. Il ne pouvait y avoir rien d'autre entre eux que de l'amitié.

Cependant, il était le genre d'homme à tenir parole. Il ne pouvait pas avoir également renoncé à ses engagements vis-à-vis du comité.

Sautant de son quatre-quatre, Lilian grimpa les marches en deux enjambées. Avant même qu'elle ait eu le temps de sonner, la porte s'ouvrit sur la mère de Tanner.

— Bonjour, mon petit. Comment allez-vous ? dit celle-ci, tout sourire.

— Bonjour, madame McConnell, répondit Lilian, en enveloppant d'un regard expert la petite tête bien coiffée de son hôtesse. On dirait que cette mise en plis a tenu, finalement.

Doris McConnell s'effaça pour laisser passer la visiteuse.

— Oui. J'ai bien fait de me laisser convaincre, votre associée a des doigts de fée. Tanner est en train de prendre son petit déjeuner. Du pain

146

grillé à la française. Voulez-vous vous joindre à lui ?

— Non, répondit Lilian machinalement. J'ai déjà déjeuné.

Mais quand elle sentit la bonne odeur de pain grillé filtrer par la porte de la cuisine, elle se laissa tenter.

— Oh ! Et puis, oui, reprit-elle avec une petite grimace. Je meurs de faim et ça m'a l'air délicieux.

— A la bonne heure !

Doris guida la jeune femme jusqu'à la cuisine, vaste pièce inondée de soleil. Tanner, perché sur un tabouret devant le comptoir, lisait le journal. Avec sa chemise de coton couleur crème et sa veste de tweed d'un brun clair, il était d'une classe impeccable.

Il incarnait à la perfection cette émouvante saison que connaît l'homme entre la jeunesse et la maturité. Il était tout ce que Lilian avait toujours recherché chez un homme. Et pourtant, il n'était pas l'homme qui lui était destiné.

Sinon, il ne ferait pas tant d'efforts pour la convaincre du contraire…

En l'apercevant, le jeune homme referma son journal.

— Bonjour, Lilian. Je suis un peu en retard…

Lilian s'installa en face de lui.

— Ne vous excusez pas. Grâce à vous, je vais déguster ce délicieux pain français.

— Fort bien. Quels sont vos plans, pour aujourd'hui ?

— Vous n'avez rien prévu ?

Il secoua la tête.

— Je vous soutiendrai autant qu'il sera en mon pouvoir mais, comme je vous l'ai déjà dit, je vous cède la direction des opérations. C'est votre projet, Lilian. Et c'est votre ville. Moi, je ne suis que de passage.

Lilian resta un moment silencieuse.

— Bien… Heureusement que j'ai passé les dix derniers jours à mettre au point une présentation de nos projets ! J'ai emporté mon ordinateur portable et j'ai mis au point toute une iconographie pour illustrer ma démonstration. J'ai appelé la secrétaire de Mme Smith pour m'assurer qu'ils disposaient d'un logiciel compatible. Amanda m'a certifié qu'ils avaient tout ce qu'il fallait.

— Ah ! Vous appelez déjà la secrétaire d'Edith Smith par son prénom ? dit Tanner avec un sourire taquin. Servez-vous, enchaîna-t-il tandis que Doris McConnell plaçait devant la jeune femme une corbeille de tartines finement grillées et odorantes à laquelle elle ajouta un pot de café fumant.

— On se fait des amis où on peut. J'ai au moins une alliée dans la place.

— Excellente stratégie, approuva Tanner en lui tendant le sirop d'érable.

S'installant à côté de son fils, Doris se servit un bol de café.

— A propos, Lilian, j'ai entendu parler de la coupe de cheveux de la petite Reggie…

Tanner faillit en lâcher son bol. Sa mère, si diplomate, si discrète, mettait les pieds dans le plat avec une maladresse surprenante.

Mais Lilian se tourna vers elle, souriante.

— Jamais je n'aurai fait autant parler de moi avec une simple petite coupe de cheveux.

— Reggie a la langue bien pendue. Et elle est si jolie que ses amies la prennent en modèle ! Tout le monde lui a fait des compliments. Même la petite peste de Cecil Bark, qui établit les diktats de la mode grâce à toutes les revues que son père lui rapporte d'Europe, l'a déclarée très « chic » !

149

Le regard médusé de Tanner alla de l'une à l'autre des deux femmes.

— Alors, maintenant, la coupe de cheveux de Reggie est très chic ? ironisa-t-il. Eh bien, elle n'avait pas besoin de faire tout ce charivari.

— Elle est devenue très chic dix minutes à peine après que Reggie eut quitté le salon. C'est-à-dire aussitôt qu'elle a vu la réaction de ses amies. Malheureusement, la plupart des adultes ne l'ont vue qu'en larmes… C'est comme ça qu'est née la rumeur.

— Et voilà comment on fait et défait les réputations ! conclut Tanner, heureux de ne pas avoir eu affaire à de telles subtilités dans son ancien métier.

Il sauta de son tabouret.

— Bien. Je vais finir de me préparer. Je redescends dans cinq minutes.

— J'aurai fini, assura Lilian en riant. Je n'ai pas l'intention de manger tout ça !

Doris fronça les sourcils.

— Lilian, vous devriez manger davantage. Vous êtes beaucoup trop mince.

Tanner s'arrêta sur le seuil de la cuisine, considérant d'un coup d'œil aigu l'harmonieuse silhouette de la jeune femme.

— Moi, je ne trouve pas.

Quand il réapparut quelques instants plus tard, les deux femmes bavardaient allègrement.

Lilian se leva.

— Il me reste à vous remercier pour ce magnifique petit déjeuner, madame McConnell.

— Vous pouvez m'appeler Doris, ma chère enfant.

Tanner lança un regard inquiet à sa mère. Elle n'accordait d'ordinaire ce privilège qu'aux femmes d'un certain milieu, et toutes âgées d'au moins cinquante ans !

Sa mère jouait-elle les marieuses ? Bah ! Il n'avait pas à s'en faire. Sa voiture était réparée, les contrôles d'érosion et de sédimentation étaient achevés et même sa tâche au sein de la commission de la mairie touchait à sa fin. Bientôt, il serait parti.

Cette idée déclencha en lui une vague de regret qu'il refoula aussitôt. Comment pourrait-on regretter de s'installer sous des cieux plus cléments ?

Et de passer le reste de sa vie à naviguer sur les eaux bleues du golfe du Mexique ?

Il faudrait être idiot !

L'audition organisée par le comité d'attribution des bourses de la fondation Smith se tenait dans la salle de conférence des bureaux de Charlottesville.

Une Amanda tout sourire les conduisit dans une longue pièce étroite meublée d'une table en merisier et d'une vingtaine de chaises métalliques gainées de cuir vert. Des stores beiges tamisaient la chaude lumière de cet après-midi d'été. Une desserte supportait un service à café en porcelaine anglaise, une cafetière Thermos métallique et une assiette où était disposé un assortiment de biscuits.

— Mlle Stephen, M. McConnell, déclara Edith Smith en guise de présentation, se levant à demi de sa chaise.

Tous les membres du comité l'imitèrent.

Lilian nota rapidement que l'auditoire consistait en un savant mélange de jeunes, de moins jeunes et de personnes aux cheveux blancs. Hommes et femmes étaient à peu près en nombre égal... Bref, aucun allié potentiel à proprement parler. Et cela faisait beaucoup de monde à convaincre...

Tanner et elle allèrent s'asseoir sur les sièges qui leur étaient réservés, au milieu du côté le plus large de la table, pour que tous puissent les voir. Tanner lui présenta sa chaise, mais elle secoua la tête.

— Merci… Madame Smith, j'ai signalé à Amanda que j'avais des documents à projeter…

— Mai oui, ma chère. L'écran est au fond de la salle, derrière le pupitre.

La vieille dame s'interrompit et lança un coup d'œil impérieux à un jeune homme qui bondit sur ses pieds.

— Harvey, voulez-vous vous en occuper ?

Lilian mit quelques minutes à installer son matériel.

— Etes-vous prête, ma chère ? s'enquit Edith Smith d'une voix impatiente, comme si avoir besoin de temps pour s'occuper de ce genre de détails révélait une certaine forme de stupidité.

Lilian se sentit bouillir mais elle lui sourit. Après tout, ceci faisait partie de l'épreuve comme le reste. Si elle était incapable d'obtenir une subvention pour aménager les espaces verts de sa ville natale de la part d'une fondation dont c'était l'unique vocation, autant faire une croix sur ses ambitions… Ce n'était qu'un jeu d'enfant à côté de son projet de marque franchisée.

— Je suis tout à fait prête, madame Smith.

Elle tapota sur quelques touches du clavier et une somptueuse photographie représentant Wilmore en automne emplit l'écran. L'image, qui montrait les plus belles maisons de bois de la ville sur fond de forêts au feuillage rouge et or, aurait pu servir de carte postale. Un murmure d'approbation parcourut l'assistance.

— Ma ville se situe en Virginie-Occidentale, fit la jeune femme, regardant posément l'un après l'autre les membres du comité.

Elle appuya sur une touche et une autre image apparut.

— Comme vous pouvez le constater, nous avons de magnifiques montagnes en arrière-plan.

Elle toucha de nouveau son clavier, faisant surgir un troisième cliché. Il s'agissait cette fois d'une photo prise à la mi-journée, quand les rues de Wilmore bourdonnaient d'activité.

— La plupart de nos commerces appartiennent à des familles nées à Wilmore. Mon institut de beauté se trouve dans cette rue, dit-elle en indiquant de la pointe de son stylo la vitrine de son salon.

Puis, comme pour réduire l'importance de cette déclaration, elle passa rapidement au cliché

154

suivant, montrant une rue le long de laquelle s'alignaient de coquettes maisons aux fenêtres ornées de jardinières fleuries.

Tanner observait la scène avec un étonnement croissant, tandis que Lilian passait d'une photo à l'autre, commentant sobrement, mais avec une évidente fierté, les atouts de sa ville natale. Les clichés se succédaient de manière à conduire l'auditoire à penser que les gens qui avaient su créer et préserver un tel environnement méritaient qu'on les aide à l'améliorer. S'appuyant sur le proverbe africain qui dit qu'il faut tout un village pour élever un enfant, elle montra à quel point la vie des enfants et des adolescents était mêlée à celle de tous les habitants. Puis elle expliqua comment un parc, lieu convivial ouvert à tous, source de bien-être et de régénération du corps et de l'esprit, pouvait aider les adultes de Wilmore à participer au bon développement de leur progéniture.

Lorsqu'elle eut convaincu le comité des charmes de sa ville natale et de ses habitants, elle montra une maquette virtuelle en trois dimensions du parc dont elle rêvait, réalisée grâce à un logiciel spécialisé. Il comprenait un kiosque, un café de plein air, des bancs, des aires de jeux pour les enfants, tout ceci parfaitement en harmonie avec les essences familières ou plus rares des arbres de Virginie-Occidentale.

Tanner, fasciné, buvait ses gestes et ses paroles. La jeune femme était en train de faire l'impeccable démonstration que le projet était viable. Et elle inspirait suffisamment confiance pour communiquer à tous les assistants l'assurance que leur argent ne serait pas dilapidé.

Satisfait, il se laissa aller pour la première fois depuis une heure contre le dossier de sa chaise. Avec ses cheveux tirés en un chignon strict et juste assez de maquillage pour renforcer l'éclat de ses yeux mauves, Lilian aurait pu séduire n'importe quel jury. Mais au lieu d'utiliser sa beauté, la jeune femme mettait en avant sa connaissance du dossier…

Tanner sourit. Décidément, Lilian Stephen était vraiment quelqu'un. Pas seulement un leader-né, mais une femme qui avait un sens inné des affaires. Il pouvait presque sentir vibrer dans l'assistance l'excitation produite par l'excellence de son projet combinée à l'habileté de sa présentation.

Oui, Lilian n'était pas une femme comme les autres. Elle était faite pour gagner. C'était un sentiment étrange que d'être en face de quelqu'un dont on pressentait l'avenir alors qu'il n'en était qu'à ses premiers pas. Cela mettait le jeune homme dans un état quasi euphorique.

Et, absurdement, il se sentait heureux.

Lilian acheva sa présentation en distribuant à la ronde des exemplaires du formulaire de demande de subvention soigneusement relu par tous les membres de la commission de Wilmore. Elle inclut dans le dossier destiné à Edith Smith des doubles des clichés et de la maquette qu'elle leur avait montrés.

Or, contre toute attente, Mme Smith repoussa ses documents.

— Pas besoin de tout ça ! aboya-t-elle devant une Lilian tétanisée.

La jeune femme vit Tanner prêt à intervenir et, d'un battement de cils, lui fit signe de se taire.

— Je pensais que vous apprécieriez d'avoir une copie de tout ce que vous venez de voir pour vous aider à prendre une décision, énonça-t-elle calmement.

Edith Smith eut un long soupir.

— Ma chère, ma décision est déjà prise, dit-elle en se levant.

Le cœur de Lilian cessa de battre. Non seulement la vieille dame s'était levée, mais, maintenant, elle se dirigeait vers la porte. Etonnée par la brutalité de la réaction de son interlocutrice et par le fait qu'elle ne leur laissait aucune chance, Lilian resta figée sur place, image même de l'indignation muette.

— Et, de ce fait, le comité n'a pas besoin de se réunir pour statuer, ajouta Mme Smith en atteignant la porte.

Trois hommes se précipitèrent en même temps pour la lui ouvrir. Elle les renvoya d'un geste et se retourna vers l'assemblée suspendue à ses lèvres.

— Si je me souviens bien de nos statuts, la décision finale m'appartient. Donc, inutile de vous donner du travail pour rien.

Elle s'interrompit, planta son regard dans celui de Lilian et décréta :

— Vous avez votre argent. Je peux envoyer Amanda demander à la comptabilité d'établir le chèque pendant que vous attendez... Si cela ne vous gêne pas d'attendre.

Paralysée par la surprise, Lilian ne put que bredouiller :

— N... non. Cela ne nous gêne pas.

— Parfait… A propos… Votre maquette était vraiment épouvantable. Je veux que vous engagiez un architecte paysagiste pour vos plans. J'ajoute vingt mille dollars dans ce but. Si vous avez besoin d'autres prestations, elles vous seront remboursées sur présentation des factures. Mon cabinet d'avocat vous enverra le contrat. Bonne journée, Lilian.

Et sur ces mots, elle fit une sortie digne d'une reine.

Les membres du comité s'en furent derrière elle à la queue leu leu. Tout au bout était Amanda.

Jeune femme aux cheveux roux et aux grands yeux bruns intelligents, Amanda était l'image même de l'efficacité.

— Félicitations, dit-elle en secouant la main de Lilian. Il est très rare que Mme Smith change d'avis quand elle a décidé qu'elle n'aimait pas quelqu'un. Vous avez été magistrale.

Lilian sourit.

— Merci. Mais j'ai surtout parlé avec mon cœur. Que faisons-nous, maintenant ?

— Vous attendez ici. Je vais demander au comptable de rédiger votre chèque et de vous faire signer le contrat préliminaire. Je serai de retour dans un quart d'heure.

Elle quitta la pièce et, soudain, Tanner et Lilian réalisèrent qu'ils étaient seuls. Dans la vaste pièce, le silence semblait presque compact.

Gênée, Lilian entreprit de ranger son matériel.

— Vous avez été magnifique, dit alors Tanner.

— Merci.

Lilian tremblait un peu, sensible à la chaleur qui se dégageait comme une aura incandescente du corps de son compagnon.

— Mais, ajouta-t-elle, le mérite n'en revient pas qu'à moi. C'est tout Wilmore qui est récompensé.

Tanner eut un petit rire.

— Wilmore est une jolie ville, certes, mais il lui fallait un porte-parole digne de ce nom. En fait, dit-il en se levant de son siège pour la rejoindre, en vous regardant, j'ai su que vous seriez une excellente ambassadrice pour votre institut. Et que vous aviez toutes les chances de réaliser vos rêves.

Elle leva vers lui un regard immense.

— Vous croyez ?

160

La saisissant par les avant-bras, Tanner l'attira à lui.

— Oui. Et vous le savez.

La jeune femme secoua la tête, le feu aux joues.

— Parfois, j'ai une vision très nette de ce que je pourrai faire plus tard. Mais il m'arrive aussi de trouver que tout va mal, et d'être complètement découragée.

— C'est normal. L'essentiel, c'est que vous ne laissiez pas vos doutes saper votre volonté. Rappelez-vous les moments comme celui que vous venez de vivre. Cela vous donnera la force de soulever des montagnes.

Ils restaient debout, les yeux dans les yeux, et Lilian se dit que, en effet, elle se rappellerait ce moment toute sa vie. Pas parce qu'elle avait gagné, mais parce que l'homme qu'elle aimait et respectait reconnaissait ses talents. Elle se rappellerait qu'il avait éprouvé le besoin de le lui dire pour l'encourager. Elle se rappellerait qu'il était merveilleusement beau, qu'il sentait bon et qu'il embrassait comme un démon.

Parce que Tanner ne faisait que traverser sa vie, probablement envoyé par le destin pour lui donner le coup de pouce dont elle avait besoin, la jeune femme avait décidé de recueillir au plus profond de sa mémoire chaque merveilleuse seconde des instants qu'ils partageaient. Elle savait qu'elle ne rencontrerait plus jamais un homme comme lui...

Tanner pencha la tête, l'air interrogateur.

— Parfois, votre regard est comme une caresse, Lilian.

— Vraiment ?

— Oui.

Il la regardait comme on regarde quelque chose d'infiniment précieux et d'un peu inaccessible. Lilian se rapprocha d'un pas et tendit la main.

— Alors, il va falloir que je me surveille, déclara-t-elle en jouant avec son nœud de cravate. En fait, je voulais simplement vous dire merci. C'est grâce à vous que Wilmore aura son parc.

Tanner prit un air détaché mais son regard brillant disait combien il était heureux d'avoir réussi quelque chose pour sa ville. Et peut-être aussi pour elle.

Instinctivement, Lilian sentit qu'il fallait l'encourager.

— Vous devez avoir de bons et loyaux amis,

pour qu'ils vous fassent cadeau d'une adresse telle que celle de la fondation Smith.

Il rit.

— J'ai de bons amis, en effet. Comme tout ceux qui ont de l'argent et un certain pouvoir.

— Ce n'est pas seulement ça. Il faut être très attentif aux autres pour s'attirer ce genre d'amitié-là. Et je vous trouve tout simplement merveilleux.

Il savait que la jeune femme était sincère. Ses grands yeux violets le clamaient. La prise de conscience subite qu'elle nourrissait ce genre de sentiment à son égard lui fit l'effet d'une oasis dans le désert. Une femme digne de ce nom lui faisait enfin confiance.

Il lui caressa la joue.

— Merci, Lilian.

Elle sourit.

— Je vous en prie.

— Lilian, Tanner ? appela Amanda depuis le couloir.

Ils se séparèrent brusquement, comme deux collégiens coupables.

— Oui ? répondit la jeune femme.

— Voici votre chèque, annonça Amanda en

entrant dans la salle. Encore toutes mes félicitations !

— Merci !

Lilian avait failli poser le chèque contre son cœur, Tanner l'aurait juré.

— Deux cent vingt mille dollars, murmura-t-elle. Je n'arrive pas à y croire !

— Il semblerait que ce soit pour une excellente cause, conclut la secrétaire avec un large sourire. Je vous raccompagne.

— Merci.

Lilian plia soigneusement le chèque avant de le glisser dans son sac. Tanner contemplait son visage radieux comme un homme en transe. Tout au fond de lui, une petite voix pleine d'espoir lui chuchotait que, après tout, il ne serait peut-être pas obligé de la laisser derrière lui… Mais son bon sens lui affirmait sans équivoque que, la jeune femme ayant obtenu sa subvention, son rôle à Wilmore ne faisait que commencer. Elle n'avait aucune raison de quitter la ville de son enfance, qui lui offrait tout ce dont elle pouvait rêver.

— Vous savez où trouver un architecte paysagiste ? s'enquit-il tandis qu'ils regagnaient leur véhicule.

164

— Oui, répondit Lilian avec un sourire. J'ai exactement ce qu'il nous faut.

— Ah ? Et de qui s'agit-il ?

— D'un ami d'université. Denis.

Tanner s'immobilisa.

— Denis ?

— Oui, fit-elle gaiement en déverrouillant sa portière, sans remarquer l'air désapprobateur du jeune homme.

Comment pouvait-il la laisser seule à Wilmore alors qu'elle allait commettre la plus grosse erreur de sa vie ?

9.

Lilian et Tanner sortirent en silence de Charlottesville. La jeune femme, concentrée sur la circulation, très dense en cette fin de matinée, ne s'aperçut pas de l'humeur sombre de son compagnon.

Elle n'en prit conscience que lorsqu'ils furent de nouveau en Virginie-Occidentale, roulant paisiblement sur une route de campagne. Ils auraient pu reprendre l'autoroute, mais, tout à coup, Lilian n'était plus pressée de rentrer. Elle savait qu'une fois à Wilmore Tanner pourrait partir d'un jour à l'autre. Désormais, il n'avait plus aucune raison de s'attarder.

Elle espérait sans se l'avouer clairement que c'était pour cela qu'il arborait une expression aussi renfrognée. Peut-être n'était-il plus si sûr d'avoir envie de quitter la ville...

— Tournez ici ! ordonna-t-il soudain.

— Ici ? Mais où ?

Il indiqua une large allée blanche qui s'amorçait sur la droite, juste après un panneau annonçant Windmere Country Club.

— Prenez cette allée.

— Vous voulez aller dans un country club ?

Il eut un petit geste excédé de la main.

— Pas particulièrement. Mais j'ai besoin de réfléchir. Et je réfléchis mieux quand je suis en plein air.

— Bien… Mais qu'allons-nous faire là-bas ? s'étonna Lilian tout en obtempérant.

— Une partie de golf.

Pour une raison indéterminée, cette déclaration la fit rire.

— Et à quoi suis-je supposée m'occuper pendant que vous jouerez au golf ?

— Vous allez jouer vous aussi.

La jeune femme arrêta son véhicule sur le parking, devant un long bâtiment bas qui tenait à la fois du ranch et du cottage anglais, et Tanner sauta sur le gravier.

Lilian le suivit tandis qu'il entrait dans le bâtiment principal, élégante bâtisse qui ressemblait davantage à une accueillante demeure privée qu'à un club.

— Tanner, s'écria la jeune femme en s'efforçant de suivre ses longues enjambées. Regardez-moi ! Je ne suis pas équipée. Avec mes talons, ma jupe et mes collants…

— Retirez-les ! rétorqua-t-il avec son lent sourire dévastateur tout en lui tenant la porte qui s'ouvrait sur un vaste hall d'accueil. Quoique… à la réflexion, ce genre d'endroit est d'ordinaire peuplé de vieux messieurs. De telles émotions leur sont déconseillées… Je vais vous acheter ce qu'il faut à la boutique.

Il semblait trouver parfaitement normal de dépenser deux ou trois cents dollars dans l'après-midi pour une simple partie de golf. Et, de fait, il acheta sans sourciller deux shorts à soixante-dix dollars pièce et deux chemises à cinquante dollars, sans compter les paires de chaussettes et de chaussures adéquates.

— C'est ridicule, marmonna Lilian, les bras chargés de cartons, tandis que Tanner fouillait parmi les casquettes.

— Je ne vois pas pourquoi. Regardez autour de vous, Lilian. Cet endroit est fait pour des gens qui ont de l'argent à ne savoir qu'en faire.

Si vous n'êtes pas d'accord pour payer cinquante dollars pour une chemise horrible, alors, vous n'avez rien à faire ici.

— Pour une fois, je suis d'accord, rétorqua sa compagne en le suivant jusqu'à la caisse. Je n'ai rien à faire ici.

Sans attendre la facture, Tanner tendit sa carte de crédit au vieux gentleman distingué qui trônait derrière son comptoir.

— Je vais payer mes affaires ! objecta Lilian en posant ses achats en vrac sur le comptoir pour fouiller dans son sac.

— Pas question ! C'est moi qui vous ai entraînée ici.

— Vous savez que je n'en ai pas les moyens. C'est… humiliant.

Tanner rit, d'un beau rire musical et joyeux.

— Je vais passer l'après-midi avec une jeune et jolie femme qui sera un jour interviewée à l'émission Pinacle pour expliquer à un journaliste de CNN comment elle a débuté sa carrière. Et à ce moment-là, je pourrai me vanter d'avoir eu l'honneur de jouer au golf avec elle. Le moins que je puisse faire, c'est de l'inviter !

Cela me vaudra peut-être une petite mention dans l'interview.

— Vous êtes en train de vous payer ma tête.

— Non. J'essaie de rester dans vos bonnes grâces.

Une autre centaine de dollars leur permit de se munir de clubs de golf et d'avoir accès aux vestiaires.

— Vous êtes superbe ! s'exclama Tanner un quart d'heure plus tard quand ils sortirent dans le glorieux soleil de midi.

— Vous aussi, plaisanta Lilian en considérant sa chemise trop grande et son short trop long.

Et le pire, c'était que c'était vrai. Même avec des vêtements mal adaptés, sa haute taille, ses cheveux châtains striés de mèches blondes et ses yeux bleus lui conféraient un air de héros hollywoodien.

Et puis, au moins pour cette journée, il était tout à elle...

C'était du reste, sans doute, l'explication de cette partie de campagne improvisée. Tanner savait qu'il devait partir. Et comme l'idée ne lui plaisait pas, il la différait autant que possible. Il avait voulu qu'ils profitent tous les deux de chaque minute de ces quelques heures d'intimité.

Il n'avait pas la moindre intention de changer d'avis sur son départ. Et, si Lilian savait se montrer fair-play, ils feraient de cet après-midi un beau souvenir. Pas de stress. Pas de querelles. Juste du plaisir.

Suivant l'exemple de Tanner, Lilian s'empara de son sac de clubs et le suivit jusqu'à l'endroit où étaient garées quelques voiturettes électriques. Elle déposa son sac à l'arrière et s'assit sur le siège du passager.

— Au fait, qui vous a dit que je sais jouer au golf ? s'enquit-elle tandis que le petit véhicule se dirigeait en cahotant vers le premier trou.

— Vous avez appris à y jouer à l'université, répondit-il simplement.

Quelque chose dans son ton irrita la jeune femme.

— Et que savez-vous d'autre sur moi ? lança-t-elle, mi-figue, mi-raisin.

— Pas grand-chose.

Tanner arrêta le moteur et mit pied à terre. Puis, ayant sorti sa balle et choisi un club, il enfonça le tee dans le sol meuble et y posa sa balle. Il fit quelques swings dans l'air, se posi-

171

tionna en face du tee et, d'un long mouvement ample, propulsa la balle dans les airs.

Elle atterrit à quelques centimètres du premier trou.

— Zut !

Lilian, la main en visière, évaluait le coup avec admiration.

— Et vous vous plaignez ! Vous n'êtes pas à dix centimètres du trou.

— Ce qui signifie que je suis plutôt rouillé. Pour un premier trou, dix centimètres, c'est impardonnable.

— Toutes mes excuses, Tiger Woods. Mais si c'est comme ça, vous allez vous ennuyer. Je n'ai pas touché un club depuis des lustres.

La jeune femme fit quelques swings pour s'entraîner et se campa devant la balle. Elle la frappa puis, suivant sa trajectoire dans le soleil, la vit retomber et ricocher sur le green comme un caillou sur la surface d'un lac.

Tanner lui adressa un long regard navré.

— Je croyais que vous aviez appris à l'université ?

Elle décida de le taquiner.

— Moi, je ne vous ai rien dit de tel. Vous

172

avez extorqué vos informations à quelqu'un de mal renseigné.

— Et que je me sois renseigné sur vous, cela vous contrarie ? s'enquit Tanner en remontant dans la voiturette tout en faisant signe à sa compagne de se joindre à lui.

— Un peu.

— Je pensais que vous seriez contente de voir que je m'intéressais à vous.

Le jeune homme démarra et louvoya dans la direction où avait disparu la balle de sa partenaire.

— Avez-vous au moins appris ce que vous vouliez ?

Lilian, qui se souvenait de ses bonnes résolutions, gardait un ton léger, presque badin.

Tanner arrêta la voiturette à côté de la balle.

— En partie. Mais vous n'êtes pas une femme facile à cerner, Lilian Stephen.

Il eut un petit rire et ajouta :

— Allez vous occuper de votre balle !

Elle sauta sur le green, choisit un club et frappa.

La balle, prise par en dessous, monta en vrille

vers le ciel, plana un instant, puis retomba comme une pierre juste à côté de celle de Tanner.

— Joli coup, commenta celui-ci sobrement tandis qu'ils redémarraient.

— Tout le monde a droit à son petit miracle un jour ou l'autre.

Lilian était assez fière d'elle. Si elle n'était pas la meilleure de son équipe, à l'université, elle n'avait pas trop perdu la main.

— Vous savez, si vous vouliez bien me donner quelques conseils pour les prochains coups, je suis sûre que le jeu pourrait devenir intéressant.

Il lui décocha une œillade malicieuse.

— Vous croyez ?

— Oui. En tout cas, on peut toujours essayer. Que risque-t-on ?

Tout, songea Tanner. Il y risquait tout. Il avait conduit Lilian dans cet endroit pour réfléchir à ce qu'il pourrait faire pour l'empêcher d'embaucher son ancien amoureux — l'homme qui lui avait brisé le cœur et qui était parti avec son argent, d'après les informations fournies par Cora.

Et il se retrouvait incapable de poursuivre le moindre raisonnement en face d'une Lilian

174

absurdement jolie dans sa chemisette mal coupée et son short informe.

Et le pire, c'était qu'il s'amusait. Il s'amusait comme un homme peut souhaiter s'amuser avec la femme qui vivrait à ses côtés. Et voilà qu'elle lui demandait de critiquer la position de ses bras et de ses longues et merveilleuses jambes... Et bien sûr, le mouvement de ses hanches...

Sans compter qu'il lui faudrait se tenir derrière elle, la prendre quasiment dans ses bras, pour rectifier la position de ses mains sur le club...

Oui, la journée s'annonçait périlleuse. Au lieu de saisir cette occasion de tête-à-tête pour ramener la jeune femme à la raison, lui éviter de faire une grave erreur, il allait se retrouver pendant de longues heures plus près d'elle qu'il ne l'avait jamais été. Pas seulement physiquement. Mais aussi émotionnellement.

— Bon, d'accord, soupira-t-il.

Se plaçant derrière elle, il referma ses mains sur ses poignets. La poitrine pressée contre son dos gracile, il sentait son corps ferme et tiède s'imbriquer dans le sien comme dans un moule. Il baissa les yeux sur le pont de leurs deux mains, et éprouva l'étonnante sensation que tout était bien ainsi. Leurs corps ainsi reliés lui semblaient répondre à l'harmonie du monde…

Il ferma les yeux pour mieux jouir de l'intensité de l'instant. C'était à ceci que devait ressembler une véritable relation. Aimer devait procurer la sensation de faire partie d'un tout, de partager tous les moments de la vie de l'autre, pour le meilleur et pour le pire… Il huma le frais parfum des cheveux de la jeune femme, laissa ses mains glisser sur la peau satinée de ses bras. Puis il serra le manche du club avec elle.

— Comme ceci, murmura-t-il d'une voix rauque.

— Oui, répondit Lilian, la voix tout aussi peu assurée.

Tanner comprit qu'elle réalisait seulement ce qui était en train de se passer entre eux. Relâchant son étreinte, il s'écarta de deux pas.

— Parfait. Levez lentement le club d'environ trente centimètres. Pas plus. Puis frappez la balle, mais pas trop. C'est le fer qui va lui donner l'impulsion nécessaire.

Lilian obéit à ses instructions. La petite sphère blanche décolla élégamment de son perchoir puis accéléra soudain et, dans une orbe parfaite, franchit la faible distance et roula dans le trou.

— Ouiiii ! cria Lilian, sautant de joie. J'ai réussi ! Cela fait trois ans que je n'ai pas joué au golf et j'ai fait le premier trou en deux coups !

— Bravo, fit Tanner en marchant sur sa balle.

Il prit ses marques, leva son club et envoya sa balle dans le trou d'un geste précis.

— Et vous, vous avez fait un birdie ! s'exclama Lilian en applaudissant.

L'enthousiasme de sa compagne le ravissait comme un flot vivifiant. Il voulait partager sa vie avec quelqu'un capable de s'enflammer pour un simple jeu, de taper dans ses mains comme un enfant.

Puis le moral de Tanner retomba à zéro. Au lieu de ça, il allait devoir assister à l'introduction de l'ancien fiancé de Lilian dans leur petite équipe en tant qu'architecte paysagiste, parce qu'il ne voyait pas comment l'empêcher...

Et dire que tout était sa faute ! Sans lui, jamais Lilian n'aurait trouvé une subvention aussi généreuse.

— Je suis ravi ! déclara-t-il.

— Vous n'en avez pas l'air.

Il haussa les épaules.

— Bon… Allons au prochain trou.

Lilian se figea.

— Hé ! Une minute. On dirait que c'est une torture. C'est vous qui avez voulu faire une partie de golf. Alors, ne commencez pas à grogner ! Vous avez fait un birdie et vous vous offrez le luxe de faire la tête !

Il savait qu'elle avait raison. Mais il savait également qu'elle n'avait pas la moindre idée de ce qui se passait en lui — parce que lui non plus.

— Un birdie et vous faites la tête ! répéta Lilian en grimpant dans le petit véhicule que Tanner fit démarrer aussitôt. C'est tout de même un peu fort.

— Je ne fais pas la tête… Je suis un peu préoccupé, c'est tout. Je vous avais dit que j'étais venu ici pour réfléchir. C'est vous qui vous êtes prise au jeu.

Lilian tourna vers lui un visage rosi par le bon air et le soleil. Ses yeux brillaient de plaisir.

— Mais, c'est effectivement un jeu !

Si seulement cela pouvait être vrai !

— Vous me surprenez, grommela-t-il en

178

appuyant un peu trop fort sur l'accélérateur du léger véhicule, qui fit une embardée. Il va falloir que vous preniez les choses un peu plus au sérieux, si vous voulez atteindre votre but.

— Comment pouvez-vous dire une chose pareille, se récria la jeune femme, sidérée. Vous savez très bien que je prends les choses au sérieux, quand il s'agit de mon travail.

Tanner gara le véhicule à l'ombre d'un grand cèdre et sauta sur le gazon.

— Ah ! Vraiment ? Et c'est pour ça que vous allez recruter votre ancien petit ami comme paysagiste ?

Sous le coup de la surprise, la bouche de Lilian s'ouvrit toute grande. Etonné lui-même d'avoir enfin pu exprimer ce qu'il avait sur le cœur, Tanner n'attendit pas la réponse. Il planta son tee dans la poussière, posa la balle et la frappa sans même prendre le temps d'ajuster son coup. Il ne vit même pas où la balle retombait.

— Si j'engage Denis, c'est parce qu'il est compétent.

— Et vous faites une croix sur le mal qu'il vous a fait ?

Elle le dévisagea.

— Tanner ! C'est un peu vexant, tout ce que vous savez sur moi.

— Comme si vous ne saviez pas sur moi tout ce qu'il est important de savoir !

— Oh ! Il reste encore pas mal de choses dans l'ombre. Par exemple, je ne sais toujours pas vraiment pourquoi vous avez divorcé d'avec Emmalee.

Tanner rangea son drive dans son sac avant de répondre.

— D'accord. Vous voulez savoir ce qui s'est passé entre Emmalee et moi ?… Je vais vous le dire. Je me suis blessé à la jambe et, après un an d'opérations chirurgicales, j'ai compris que je devais abandonner le football. J'ai cherché dans quoi je pouvais investir mon argent, et c'est à ce moment-là qu'Emmalee m'a dit de partir. Pendant que je me débattais pour me reconstruire un avenir, je la délaissais, selon elle. Je lui donnais l'impression d'être inutile.

Il s'interrompit et respira à fond. Difficile de l'admettre, mais il avait les larmes aux yeux. Il s'exhorta au calme, comme il le faisait toujours. Parce que ce n'est pas sur des regrets que l'on bâtit sa vie…

— Voilà ! Vous êtes contente, maintenant !

Les beaux yeux mauves de Lilian scintillaient comme deux améthystes.

— Oh ! Tanner. Tout votre univers venait de s'écrouler. Vous aviez le droit de concentrer toute votre énergie sur vous-même…

— Nul n'a le droit de donner aux autres l'impression de ne compter pour rien. Surtout s'il s'agit de la personne que l'on aime.

— Ne vous est-il jamais venu à l'idée que la balle était dans son camp à elle ? Que c'était elle qui aurait dû, sans relâche, être à vos côtés ?

Il déglutit.

— Non. J'étais l'homme fort, Lilian. De nous deux, c'était moi qui avais pris les rênes, dans notre couple. Emma se reposait entièrement sur moi, et je lui ai fait défaut.

Lilian secoua la tête.

— Il faut être deux pour danser le tango, Tanner.

— Et c'est pour ça que vous pardonnez si facilement à ce Denis ? Vous vous sentez coupable du fait qu'il vous a volé votre argent ?

— Dans son esprit, ce n'était pas un vol. Mon intention était de lui prêter de l'argent pour payer ses études pendant un an. Lui a compris que je le lui avais donné.

181

— Tiens donc !

— C'est la vérité. Nous vivions ensemble, à l'époque, et nous partagions tout.

— Et quand vous avez rompu, il ne s'est pas posé de questions ?

— Non. Et que vouliez-vous que je fasse ? Le traîner en justice ? Nous n'avions signé aucun papier. Je ne pouvais pas prouver que ce n'était qu'un prêt.

Tanner la regarda un moment.

— Vous êtes vraiment naïve. Il vous a dépouillée et, maintenant, vous lui donnez une seconde chance.

— Non. Je lui donne un travail.

La jeune femme commençait à perdre le contrôle d'elle-même mais Tanner s'en moquait. Il était jaloux et frustré et jeter à la tête de son interlocutrice de désagréables vérités était le seul moyen de soulager sa hargne.

— Vous lui redonnez une place dans votre vie.

— Et cela vous dérange ?

Il respira un grand coup.

— Oui, dans la mesure où, en tant qu'homme d'affaires, je considère que vous faites une

182

grave erreur. Cet individu ne mérite pas votre confiance.

— C'est une opinion professionnelle ?

— Oui.

— Eh bien, je crois que vous vous trompez. Et qu'à partir d'aujourd'hui, nous n'avons plus grand-chose à nous dire.

La jeune femme lança son club de golf dans son sac et monta dans la voiturette.

— Rentrons !

Tanner secoua la tête.

— Rentrez sans moi, dit-il d'une voix sourde.

— Et comment ferez-vous, sans voiture ?

Il la regarda droit dans les yeux.

— Je retrouve toujours mon chemin, Lilian. Je n'ai pas besoin de vous.

Elle soutint son regard, le menton levé.

— C'est bien là le problème, Tanner. Vous n'avez besoin de personne.

10.

— Mais... Que fais-tu ?

Tanner leva les yeux et regarda sa mère, debout sur le seuil de sa chambre.

— A ton avis ?

— Eh bien... Toutes tes valises sont ouvertes et tes chemises étalées sur ton lit. Soit tu procèdes à un inventaire, soit tu envisages de partir en voyage...

Tanner sourit, de son sourire gentiment taquin.

— Tu brûles...

— Bon. Alors, où vas-tu ?

— En Floride.

— Oh ! s'exclama Doris McConnell en entrant franchement dans la pièce. Et combien de temps comptes-tu rester là-bas ?

— Toujours.

Il regarda sa mère triturer inutilement le col

184

d'une des chemises. Il n'avait pas besoin de voir l'expression de son regard pour se sentir coupable.

— Allons, maman... Nous avons déjà parlé de tout ça il y a des mois. J'aurai une grande maison au bord du golfe de Mexico. Papa et toi viendrez me rendre visite. Vous pourrez passer là-bas tout l'hiver, si ça vous chante.

— Les hivers de Wilmore sont bien trop beaux pour partir à ce moment-là.

— Ils sont froids et humides. Profiter un peu du soleil vous fera le plus grand bien.

Doris secoua la tête.

— Non, n'insiste pas. Je crains bien que ce soit toi qui doives continuer à venir ici... Et pourquoi pars-tu ?

— Tu le sais parfaitement.

— Non. Pas vraiment. En dehors de ce prétexte de chercher de nouveaux horizons et un meilleur climat, je n'ai jamais bien compris pourquoi tu tenais tant à partir.

Tanner leva les yeux au ciel.

— Oh ! maman...

— Et surtout, pourquoi cela te reprend comme ça, tout à coup !

— Parce que maintenant je suis rassuré sur

l'avenir des projets du comité de rénovation de Wilmore. Lilian a obtenu la subvention et elle saura parfaitement s'occuper du reste. Personne n'a plus besoin de moi.

Doris s'assit sur un coin du lit.

— Ainsi, c'est comme ça. Lilian a eu sa subvention et tu t'en vas.

— Exactement.

— Une fille bien, cette Lilian.

— Oui.

— Douce, attachée à sa ville natale... et intelligente. Ce sera une excellente femme d'affaires.

Tanner opina du chef.

— Tu n'imagines pas à quel point. Cette femme est un véritable phénomène. Elle transforme en or tout ce qu'elle touche. Un jour, nous dirons tous : « Tiens ! Mais je la connaissais quand... »

La mère de Tanner le dévisageait, haussant un de ses fins sourcils.

— Alors, pourquoi ne restes-tu pas pour l'aider ?

— Parce que... parce qu'elle me plaît.

— Non. Si elle te plaisait, tu aurais envie

186

de rester. Parce que tu lui plais, à elle aussi. Je le sais.

— Justement. Nous nous plaisons beaucoup tous les deux. Mais si nous entamions une relation sérieuse, j'essaierais aussitôt de prendre le dessus. Je lui donnerais des conseils dont elle n'a pas besoin, je serais sans cesse sur son dos. Très vite, je flanquerais tout par terre.

Comme il l'avait fait cet après-midi. Après avoir été pourtant témoin de la prestation impeccable de la jeune femme, il s'était empressé de contester le choix de ses collaborateurs. Il n'avait pas pu s'empêcher de faire des remarques, et même de lui chercher querelle. Et, une fois de plus, il avait démontré qu'Emmalee avait raison. Il était tellement sûr de lui et autoritaire qu'il en devenait monstrueux.

Lilian s'était trompée en lui disant qu'il n'avait besoin de personne. Au contraire. Il avait tant besoin de ceux qu'il aimait qu'il redoutait de les laisser prendre leurs propres décisions. Respirer librement.

— Tanner... Tu viens tout juste de revendre une entreprise plusieurs millions de dollars. Ne t'est-il jamais venu à l'esprit que tu pourrais aider Lilian à financer son projet ? Tu connais les lois qui régissent le milieu des affaires et les arcanes des impôts comme le fond de ta poche. Il y a des tas de moyens pour toi de l'aider. Sans compter toutes tes relations. Nous savons combien le milieu des affaires est une véritable jungle, aujourd'hui. Seule, Lilian a peu de chance d'avoir une vie personnelle, une fois qu'elle sera dans l'engrenage.

Tanner n'avait jamais pensé à ça. Il demeura quelque temps silencieux puis secoua la tête.

— Ce ne serait pas bien de ma part d'interférer une fois de plus, même comme ça... Et puis... Je me suis retiré des affaires. J'ai travaillé dix ans dans ce but. Je veux m'installer en Floride, acheter un bateau et organiser des croisières. Pas question d'abandonner mes rêves.

— Si tu crains à ce point de te mêler de ce qui ne te regarde pas, pourquoi ne pas considérer les choses sous un autre angle ?

— Et sous quel angle, s'il te plaît ?

— Si tu penses que Lilian est destinée à faire une grande carrière, tu es exactement l'homme qu'il lui faut parce que tu peux parfaitement jouer le rôle de père au foyer.

Une fois encore, la remarque fit mouche, à

tel point que Tanner dut s'asseoir sur le lit. Il n'avait jamais pensé qu'il pourrait faire ça. Il n'avait surtout jamais envisagé de fonder une famille avec Lilian. Or cette perspective lui plaisait diablement...

Se levant d'un brusque coup de reins, il se mit à arpenter la pièce.

— Tu as quelque chose contre le fait d'être père au foyer ? s'enquit Doris, le regard rétréci.

— Non.

Et, en même temps qu'il prononçait ce mot, Tanner réalisait à quel point c'était vrai. C'était même la solution idéale. S'occuper de ses enfants, de leurs enfants, l'empêcherait de se mêler des affaires de la jeune femme. Il pourrait se contenter de l'aimer. Il serait là pour elle...

Un merveilleux sentiment de soulagement l'envahit. Il ne serait plus jamais seul. Et tout ce à quoi il aspirait dans la vie était à portée de main.

— Alors ? interrogea Doris, d'un ton encourageant.

— Alors, je pense que je t'adore.

Et, se penchant sur la joue satinée, Tanner y déposa un baiser sonore.

— Ce n'est pas à moi qu'il faut dire ça. C'est à Lilian. Et vite !

Tanner se dirigea aussitôt vers la porte.

— Tu as raison.

Ces révélations l'avaient abasourdi. Et il bouillonnait en même temps de joie et d'impatience... Mais une idée se fit subitement jour dans son esprit.

— Maman... Si Lilian accepte de m'épouser, je ne suis pas obligé d'abandonner pour autant mon projet de m'installer en Floride.

— Pourquoi ?

— Parce que j'ai toujours envie d'un bateau. Et j'ai besoin de m'occuper... Mais surtout, je crois que Lilian devrait s'installer dans un autre environnement, avec un autre type de clientèle. Je crois... je crois que partir serait une excellente chose pour sa carrière.

Le visage de sa mère prit une expression horrifiée.

— Mais Lilian appartient à Wilmore !

— C'est Wilmore qui a besoin d'elle, qui en tire profit. Mais Lilian a besoin de moi, déclara-t-il tout à trac, submergé par un brusque

190

sentiment de fierté et de confiance en lui. Et moi aussi, j'ai besoin d'elle. Nous ferons équipe, tous les deux. Et jamais l'un de nous ne prendra l'avantage sur l'autre. C'est pour ça que nous devons quitter cette ville. Pas seulement pour que Lilian s'épanouisse. Mais parce que j'ai toujours eu envie de partir.

En passant devant l'institut de beauté alors qu'il se rendait à l'appartement de Lilian, Tanner s'avisa qu'une lumière était allumée.

Il poussa la porte qui carillonna et entra.

— Eh ! Il y a quelqu'un ?

Il y eut un silence, puis la voix de Lilian répondit :

— Oui. Par ici !

Tanner la rejoignit en quelques enjambées.

— Bonsoir !

Il s'interrompit en voyant une jeune femme blonde, toute rougissante, qui faisait mine de se lever du fauteuil dans lequel elle était installée.

— Tanner, je te présente June.

— Bonsoir, June. Jolie coupe de cheveux. C'est Lilian qui vous a fait ça ?

June passa les doigts dans le rideau lisse de ses cheveux mi-longs avec un sourire hésitant. Lilian répondit pour elle :

— Oui. Nous cherchions une nouvelle coupe qui aille mieux avec sa forme de visage.

— Vous avez fait du bon travail.

— Merci, fit June. Et merci à toi, Lilian.

La jeune femme se remit sur ses jambes et secoua sa jupe.

— Il faut que j'y aille. Les enfants vont s'inquiéter.

— Voulez-vous que je vous raccompagne ?

June haussa les épaules avec un petit sourire.

— Non, merci. C'est tout près d'ici.

Lilian intervint, crispée.

— June peut très bien marcher un peu.

Tanner sourit, surpris.

— Alors, bon retour.

Une seconde plus tard, la visiteuse avait disparu.

Le silence retomba dans la petite pièce. Lilian, s'emparant d'un balai, commença à rassembler les mèches de cheveux blonds éparpillés sur le sol.

— C'est vraiment gentil de votre part. A une heure pareille...

La jeune femme eut un petit mouvement nerveux du menton.

— Oh ! Cela m'arrive assez souvent quand les clientes ne peuvent pas se déplacer dans la journée.

— Mais June habite à côté !

— Oui, mais... Elle passe ses journées à l'hôpital... Oh ! Excusez-moi, je...

Sentant un mystère, Tanner revint à la charge.

— A l'hôpital ? Elle travaille là-bas ?

— Non... Oh ! Et puis, zut ! Maintenant que je l'ai trahie, autant aller jusqu'au bout. Elle subit en ce moment une chimiothérapie et elle a perdu ses cheveux. C'est moi qui lui ai proposé de commander une perruque et de l'adapter à son visage.

— C'est... c'est très chic de votre part.

— N'importe qui d'autre capable de le faire aurait agi de même. J'aime me sentir utile.

Pas très sûr de ce qu'il convenait de dire, Tanner regardait son interlocutrice achever sa tâche.

— Et vous, qu'êtes-vous venu faire ici ? s'enquit-elle, après avoir rangé son matériel.

— Je suis venu pour deux raisons. La première, pour m'excuser.

Lilian le dévisagea, puis sourit.

— Allez-y !

Il prit une profonde inspiration.

— Je m'excuse.

— Parfait. Je commence à comprendre que c'est dans votre nature de faire enrager les gens.

— Eh bien... Maintenant, tout ça va changer, commença Tanner.

Mais au moment où il prononçait ces mots, il embrassa la petite pièce plongée dans la pénombre et pensa à ce que la jeune femme avait fait pour son amie June, à ce qu'elle faisait au quotidien pour Wilmore... Oui, sa mère avait raison. Lilian appartenait à sa ville natale, de tout son corps et de toute son âme. Qui pouvait être sûr qu'elle s'habituerait à la vie surexcitée d'une grande ville, à une tout autre sorte de clientèle ? Il se souvint de l'histoire de l'homme qui avait aidé un papillon à sortir de son cocon avant le temps. Son intention était bonne mais il avait oublié qu'il ne fallait pas brusquer le cours naturel des choses…

Et le papillon était mort.

— J'ai parlé avec ma mère, ce soir.

Lilian rit.

— De quoi ?

— De vous. Elle pense que je devrais vous aider.

— Et ce n'est pas votre avis ?

— Cela me paraissait une bonne idée, en théorie, mais maintenant, je ne sais plus.

— Pourquoi ne pas me laisser en juger ? Comment pensez-vous pouvoir m'aider ? Et dans quel domaine ?

Il se sentait incapable de le lui expliquer. Le plan lui paraissait bon quand il en discutait dans sa chambre, avec sa mère. Et il était parfaitement conscient que, s'il n'en parlait pas maintenant avec Lilian, il la perdrait.

Mais tout à coup, il ne pouvait rien lui dire. Il ne pouvait pas parler de mariage et de bébés, de farniente sur un bateau, et de tout ce qu'ils pourraient faire ensemble. Ce serait trop cruel…

Oui, le plan qui lui semblait si bon chez lui ne marcherait pas. Il ne pouvait pas arracher la jeune femme à son milieu naturel. Ce serait la pire manière de faire intrusion dans sa vie.

— Alors, insista Lilian. Que vouliez-vous me dire ?

— Ma première idée, c'est que je pourrais payer votre emprunt pour l'achat de votre institut.

Elle leva un regard stupéfié.

— Mais… Il ne serait plus à moi !

— Il ne vous appartient pas encore. Il est à vous et à la banque.

Soudain, Tanner réalisa ce qu'il venait de dire. En demandant à Lilian de tout quitter pour le suivre, il réorganisait sa vie, faisant ainsi ce dont Emmalee l'avait toujours accusé. Et cette pensée lui traversait le cœur comme un poignard. Il s'appropriait la jeune femme comme on achète un meuble ou une voiture…

Il respira à fond. Recula d'un pas.

— Vous avez raison, Lilian. C'était une mauvaise idée.

Il hasarda un misérable sourire, avala sa salive, et recula encore.

— Je suis désolé de m'être immiscé dans vos affaires, de vous avoir dit ce que vous deviez faire. Vous avez raison, c'est dans ma nature. Je crois toujours que ma manière de voir les choses est la meilleure.

Il tenta encore de sourire.

— Pour le meilleur et pour le pire, dit-il se reprochant aussitôt cette étrange phraséologie. Je suis comme ça. Et apparemment, je ne suis pas près de changer.

Il fit encore un pas en direction de la sortie.

— Désolé. Vraiment désolé.

— Tanner ! Attendez.

La manière dont Tanner avait prononcé le dernier « désolé » semblait sous-entendre qu'il parlait de quelque chose de plus important que le rachat de son crédit.

— Attendez !

Comme il s'arrêtait sur le pas de la porte donnant sur le trottoir, elle le rejoignit.

— Quelque chose me dit que vous ne faites pas seulement allusion à mon institut.

Tanner avait l'air d'un lapin pris dans les phares. Il se passa la main sur le visage à plusieurs reprises.

— C'était une idée stupide.

— Je n'ai pas dit ça. Il peut y avoir des compromis.

Lilian était consciente que sa voix avait pris une intonation suppliante. Mais elle ne pouvait rien y faire. Quelque chose d'important, de dévastateur s'était passé avec Emmalee qui empêchait Tanner de se lier durablement avec une autre femme. Elle avait l'intuition que cette fois, ils étaient sur le point de crever l'abcès.

Sachant qu'elle n'avait pas le choix, Lilian déclara tout à trac :

— Tanner, je t'aime. Je pense que je suis tombée amoureuse de toi dès notre première rencontre.

Il se retourna et leurs regards se rencontrèrent. Il émanait tant d'espoir de ses yeux que Lilian se sentit invitée à poursuivre.

— A la seconde même où je t'ai vu, j'étais prête à tout te donner.

— Ne dis pas cela, Lilian !

La jeune femme se blottit dans ses bras.

— C'est vrai, Tanner. Je t'aime. Je serais prête à tout pour toi. Dis-moi ce qu'il faut faire, ce que tu attends de moi, et je le ferai.

Il restait immobile, les bras figés autour du corps de sa compagne.

— Ce qu'il te faut, c'est un homme qui te

198

laisse libre de faire tes choix. Et cet homme, ce n'est pas moi.

Mais, sans qu'il en ait tout à fait conscience, ses mains se refermèrent sur les avant-bras de la jeune femme et, l'attirant à lui, il posa sa bouche sur les lèvres palpitantes qui s'offraient. Dans un long baiser désespéré, il lui communiqua tout l'amour qu'il avait pour elle. Puis, la repoussant, il tourna les talons, referma brusquement la porte et s'enfuit dans la nuit. Lilian s'élança à sa poursuite en l'appelant mais il pressa le pas, bien déterminé à mettre le plus de distance possible entre elle et lui.

La jeune femme s'arrêta sur le trottoir. Il voulait vraiment partir et elle ne pouvait pas l'en empêcher. Il avait raison, après tout. Si son aveu ne l'avait pas fait changer d'avis, il était inutile d'insister...

Elle rentra donc dans son salon, à pas comptés, serrant les paupières pour retenir ses larmes.

En vain.

Tanner était la meilleure chose qui lui était arrivée depuis longtemps...

Hélas ! Quelque chose, ou quelqu'un, les empêchait de s'aimer.

Tanner arriva à son hôtel, épuisé par la journée qu'il avait passée à visiter des bateaux. En quelques jours, il avait compris deux choses. La première, c'était qu'il ne connaissait pas grand-chose au milieu de la plaisance. La seconde, c'était qu'il n'avait pas le pied marin.

Et, tandis qu'il montait dans l'ascenseur, ces dures constatations l'investissaient d'un pénible sentiment d'échec. A dire vrai, ce sentiment-là l'habitait déjà depuis pas mal de temps. Depuis son divorce, et malgré sa réussite financière, sa vie ne tournait pas rond.

Comme les portes de l'ascenseur s'ouvraient à son étage, il fouilla dans sa poche pour y chercher sa carte magnétique. Il était si absorbé qu'il ne vit pas une silhouette féminine se dessiner dans le clair-obscur du corridor.

Ce fut seulement en arrivant devant sa porte

qu'il la reconnut. C'était Emmalee Thorpe, son ex-femme. La dernière personne qu'il s'attendait à voir ici.

— Comment m'as-tu retrouvé ?

— En demandant le nom de ton hôtel à ta mère. Et, à la réception, en appliquant l'une de tes méthodes préférées : le billet de cinquante dollars. Je peux entrer ?

— Certainement pas. N'avons-nous pas fait le tour de ce que tu me reproches ? Viens-tu m'annoncer que j'ai aussi martyrisé ton pauvre chien ?

Emmalee, soudain livide, leva vers lui des yeux pleins de larmes.

— Oh ! Emma, gémit-il. Je suis désolé.

Elle renifla.

— En réalité, commença-t-elle d'une voix qui tremblait un peu, je suis venue reparler de tout ça, en effet. Je regrette tellement, Tanner. Je suis désolée !

Elle éclata en sanglots.

— Bon sang !

Passant un bras autour des épaules de la jeune femme, Tanner l'entraîna dans sa chambre.

— Ecoute, Emma, je ne voulais pas être désagréable. Mais toi et moi, c'est comme l'eau et le feu. On dirait que tu suscites en moi ce qu'il y a de plus mauvais.

Les sanglots de la jeune femme redoublèrent d'intensité.

— Pour l'amour du ciel ! s'exclama Tanner, de plus en plus désemparé. Arrête, je t'en prie. Veux-tu boire quelque chose ? Un verre d'eau, peut-être ?

Elle secoua la tête.

— Non. Ça ira. Je voulais juste te dire quelque chose. Mais, à Wilmore, ça me semblait impossible…

— Emma, nous avons divorcé. Tu t'es remariée. Tu vis avec Artie depuis dix ans. Nous n'avons plus rien à nous dire.

— Au contraire. Nous avons encore des choses à nous dire. Très importantes. Des choses que j'aurais dû te dire depuis longtemps.

Semblant avoir retrouvé son contrôle, la jeune femme s'empara d'une boîte de mouchoirs en papier et s'installa au pied du lit.

— Et la chose la plus importante, c'est que, au moment de notre divorce, je t'ai menti.

— En quoi ? demanda Tanner.

S'il n'en pénétrait pas la nature, il soupçonnait

que c'était grâce à cet argument-là qu'Emma était parvenue à soutirer son adresse à sa mère.

— Je t'ai menti au sujet de la raison pour laquelle je voulais que nous nous séparions.

Le ton d'Emmalee était sincère.

— Je l'ai fait parce que j'étais au désespoir. Voilà ce que je voulais te dire, Tanner. Pendant tes longues absences, je fréquentais déjà Artie Thorpe et il voulait m'épouser.

Tanner, qui s'était perché sur le coin d'un secrétaire, se redressa brusquement.

— Comment ?

— Il fallait que tu t'en ailles. Artie et moi voulions nous marier. J'avais peur d'être enceinte et je l'aimais. Mais toi, tu continuais à affirmer que tu ferais tout pour que notre mariage marche, contre vents et marées. Alors, j'ai utilisé des coups bas. Je le reconnais...

Tanner fut un moment sans voix.

— C'est le moins qu'on puisse dire... Tu m'as traité de bon à rien, d'irresponsable ! Tu m'as dit que j'étais tellement égoïste et nombriliste que tu préférais mourir que continuer à vivre avec moi. Je me suis vraiment pris pour la lie de la terre...

— Je suis désolée.

Il la dévisagea, les mâchoires serrées.

— Désolée ? C'est tout ? Tu as prétendu que je t'étouffais, que j'étais incapable de vivre avec quelqu'un, que j'étais tyrannique et cruel...

— Je sais.

Se laissant tomber dans le minuscule fauteuil Louis XV, près de la fenêtre, Tanner se prit la tête entre les mains.

— Pourquoi ne m'as-tu pas tout simplement dit que tu aimais Artie ?

— Pour que tu le poursuives dans Main Street et que tu fasses un scandale ? Non, Tanner, je ne me sentais pas capable d'affronter ça.

— Alors, tu as préféré m'immoler. Me laisser croire que j'étais un pauvre type.

— Tanner, tu es *vraiment* égoïste et tyrannique, à ta façon. J'ai simplement amplifié la réalité. Et je l'ai fait... pour me débarrasser de toi.

Rencontrant le regard à la fois dur et triste de son interlocuteur, Emmalee ajouta :

— Je sais que j'ai eu tort d'agir ainsi. C'est pour ça que je suis venue. Je voulais que tu saches que j'avais exagéré.

— Et cela ne t'est pas venu à l'idée plus tôt ?

— Si... J'ai voulu t'écrire, à plusieurs reprises.

Les mots ne venaient pas. J'ai voulu aussi te le dire de vive voix. Chaque fois, j'ai flanché... Et lors de tes visites à Wilmore, tu avais tellement l'air d'aller bien, d'être heureux ! Et puis, je t'ai vu avec Lilian. Alors, j'ai pensé qu'il était temps de te parler.

— Pourquoi ?

— Parce que je crains que tu refuses l'amour à cause de notre échec. Et à cause de ce que je t'ai dit. J'étais en tort, Tanner. Au moins autant que toi. J'ai changé, Tanner. J'ai beaucoup mûri. Ne crois-tu pas que tu puisses changer, toi aussi ?

Il haussa les épaules.

— Je ne sais pas.

— As-tu essayé ?

— Oui. Mais en vain.

Etre débarrassé du poids de cette culpabilité qui pesait sur ses épaules depuis dix ans lui paraissait étrange. Bien sûr, il n'était pas blanc comme neige. Mais il n'était pas un monstre.

— Si tu le veux, tu le peux, Tanner. Tu as toujours réussi ce que tu voulais vraiment.

— Oui, je suppose...

Tanner regardait maintenant son ex-femme avec d'autres yeux. Emmalee n'était pas la fragile poupée de porcelaine qu'il croyait avoir blessée. C'était une femme forte, égoïste elle aussi, qui lui avait largement rendu la monnaie de sa pièce.

— Ainsi, tu es heureuse, maintenant ?

— Oui. Très.

— Et tu veux que je le sois, moi aussi ?

— Oui. Tu le mérites. Et j'ai besoin que tu le sois. Je me sentirai beaucoup mieux.

Il se passa les mains sur le visage.

— C'est curieux. J'ai l'impression de repartir de zéro.

Emma se leva.

— C'est exactement ça. Tu es comme un homme neuf. Nous avions tort tous les deux. Mais c'était moi la plus coupable. Et je me sens moins coupable, maintenant que tout est clair entre nous.

Sur ces mots, la jeune femme lui fit un petit geste d'adieu et quitta la pièce.

Tanner regardait dans le vide, un tourbillon dans la tête.

— J'ai entendu dire que Tanner McConnell ne s'est pas plu en Floride !

— Pas possible ! s'exclama Cora Beth en

brossant énergiquement les courts cheveux bouclés de Mme Murphy. Qui vous a dit ça, madame Murphy ?

— Sa mère.

— Alors, c'est que c'est vrai.

Lilian s'efforçait de ne pas écouter ces propos concernant la seule personne qu'elle ait jamais aimée. Ses sentiments pour Tanner étaient si bouleversants, si envahissants qu'elle doutait même, maintenant, d'avoir vraiment aimé Denis. Mais Tanner n'était pas prêt à confier les secrets qui le hantaient. Et bien que Lilian soupçonnât qu'ils devaient être en rapport avec son ex-femme, elle ne pouvait pas le forcer à parler.

Comme elle ne pouvait pas non plus le contraindre à revenir.

Chaque jour que Dieu faisait, elle devait faire face à cette cruelle réalité…

Jimmy Farrah, le fils du fleuriste, entra dans le salon, portant une longue boîte blanche.

— Bonjour, Lilian. C'est pour toi !

La jeune femme alla chercher un pourboire dans le tiroir-caisse et prit la boîte des mains du jeune garçon.

— Waouh ! s'exclama Cora. Des fleurs ! Et de qui, s'il vous plaît ?

— Probablement de toi ! rétorqua Lilian, mi-figue, mi-raisin.

Son amie avait fait des pieds et des mains depuis quinze jours pour lui remonter le moral.

— Ah ! Non, ce n'est pas de moi, se récria Cora avec un petit rire.

Mme Murphy et elle regardaient Lilian, dans l'expectative.

— Peu importe, conclut cette dernière en se dirigeant vers l'arrière-boutique. Je vais ouvrir la boîte dans mon bureau.

— Lilian, mon petit ! protesta Mme Murphy. Je mérite bien de savoir ce qu'il y a dedans. Je vous ai apporté des cookies tout chauds ce matin !

— Et je devrais vous en remercier ? plaisanta Lilian. Je devrais plutôt vous contraindre, vous et Ida Mae Ringler, avec ses crêpes au sirop d'érable, à me payer un abonnement dans un club de gym !

— Tu n'en as pas besoin, remarqua une voix masculine depuis le seuil du magasin. Tu as un de ces métabolismes qui brûlent tout ce qu'ils consomment.

En entendant la voix maintenant familière, Lilian fit une brusque volte-face.

— Tanner !

— Tanner ! répétèrent Cora et Iris Murphy à l'unisson.

— En revanche, ajouta le visiteur en embrassant les deux femmes d'un regard critique, aller ouvrir la boîte dans ton bureau me semble une assez bonne idée.

Les yeux de Lilian se rétrécirent, soudain soupçonneux.

— Qu'y a-t-il dedans ?

— Une de ces choses que les hommes offrent d'ordinaire à la femme qu'ils vont épouser.

— Oh ! couinèrent Cora et Mme Murphy, comme si elles venaient d'être foudroyées par une même attaque cardiaque.

— Je croyais que tu ne pouvais pas changer ? murmura la jeune femme, le cœur dans la gorge.

Tanner sourit.

— Apparemment, si.

— Et... si nous allons dans mon bureau, tu vas tout m'expliquer ?

— Dans les moindres détails.

— Allons-y, déclara Lilian.

Et Cora et Iris Murphy, comme un chœur antique, de pousser un gémissement.

A la seconde même où la porte se referma sur eux, Tanner se rua sur Lilian, la fit pivoter sur elle-même et prit sa bouche dans un long baiser. Si long que la tête de Lilian se mit à tourner. Le goût de Tanner, son odeur, la sensation de ses bras autour d'elle faillirent la faire s'évanouir de bonheur.

— Dieu que je t'aime ! dit-il en la relâchant. Et moi qui croyais que tu étais furieuse contre moi !

— Je l'étais, décréta la jeune femme, tout en se demandant où étaient passées sa conviction et sa force. Et je le suis toujours !

— Et tu avais raison parce que je ne t'avais jamais vraiment expliqué ce qui s'était passé. Mais j'avais une bonne excuse. Je ne le comprenais pas moi-même.

Elle contempla son beau visage, ses yeux brillants, ses cheveux que le soleil de Floride avait encore éclaircis.

— J'ai entendu dire que tu n'avais pas le pied marin…

— Exact. Et je n'ai plus envie de m'installer en Floride. C'est un endroit agréable pour les vacances mais je ne crois pas que j'aimerais y vivre.

210

— Et c'est pour ça que tu es ici ? Parce que tu n'aimes pas la Floride ?

Il eut un rire irrésistible.

— Non. Je suis ici parce que je t'aime. Et parce que je veux passionnément passer ma vie avec toi. Avoir des enfants, construire notre maison... Tu sais, je peux être père au foyer. Je me suis retiré des affaires, maintenant.

Il dit cela d'un ton si badin que Lilian s'écarta.

— Ne me taquine pas, Tanner...

— Je suis très sérieux. Plus sérieux que je ne l'ai été dans toute ma vie... Mais je voudrais que tu ouvres cette boîte.

Lilian posa le carton sur le bureau, dénoua le grand ruban rouge qui le fermait et fit glisser le couvercle, révélant une douzaine de roses rouges à longues tiges.

— Et c'est ça, le mystérieux cadeau qu'un homme offre à la femme qu'il veut épouser ?

— Oui. Des roses et quelque chose, qui est caché dessous.

Lilian lui lança un regard soupçonneux.

— Tu n'as pas traumatisé les Farrah, n'est-ce pas ? demanda-t-elle, s'imaginant trouver sous les roses quelque audacieux sous-vêtement.

211

Il rit.

— Non. C'est moi qui ai fait le paquet.

Lilian retira délicatement les roses de la boîte en soulevant le papier de soie sur lequel elles reposaient. Quand elle vit l'imprimé à motifs orange et blancs, elle posa les fleurs sur le bureau et souleva le vêtement.

— Bon sang ! Une chemise de golf ! Et la plus horrible de tout le magasin, je le parie !

Tanner sourit.

— Exact.

— Et c'est ça qu'un homme offre à la femme dont il est amoureux, d'après toi ?

— Oui. C'est symbolique, répondit le jeune homme en contemplant la chemise bariolée. Parce que si je te trouve belle et sexy habillée comme ça, c'est que je t'aime vraiment !

Des larmes luirent dans les yeux de la jeune femme.

— Oh ! Tanner. Alors, c'est que je t'ai vraiment aimé dès la première minute. Parce que je te trouvais beau, dans ton ridicule short de golf.

— Donc, c'est décidé. Nous pouvons nous marier. Nous nous aimons assez pour ça.

— Oui, je le pense aussi, acquiesça Lilian en se lovant dans ses bras, un sentiment de joie

212

pure l'embrasant tout entière. Et nous allons être très heureux.

— Oui. Nous serons heureux, répondit en écho la voix ferme de Tanner.

— Dois-je montrer la chemise à Cora et à Mme Murphy ? Je suis sûre qu'elles brûlent d'impatience...

Tanner pouffa.

— Non. Laissons-les imaginer qu'il s'agit d'un scandaleux porte-jarretelles. Une charmante petite ville comme Wilmore a besoin de rumeurs croustillantes...

Et, se penchant vers elle, il prit sa bouche avec une tendre gourmandise.

Le nouveau visage
de la collection Or

◆

AMOURS D'AUJOURD'HUI

Afin de mieux exprimer sa modernité et de vous séduire encore davantage, votre collection Or a changé de couverture et de nom depuis le 1er mars 1995.

Rassurez-vous, les romans, eux, ne changent pas, et vous pourrez retrouver dans la collection **Amours d'Aujourd'hui** tous vos auteurs préférés.

Comme chaque mois, en effet, vous y attendent des héros d'aujourd'hui, aux prises avec des passions fortes et des situations difficiles...

COLLECTION
AMOURS D'AUJOURD'HUI :
Quand l'amour guérit des blessures de la vie...

Chère lectrice,

Vous nous êtes fidèle depuis longtemps?
Vous venez de faire notre connaissance?

C'est pour votre plaisir que nous avons
imaginé un rendez-vous chaque mois
avec vos auteurs préférés, vos
AUTEURS VEDETTE dans les
collections Azur et Horizon.

Les AUTEURS VEDETTE vous
donneront rendez-vous pour de
nouveaux livres vedette.

Pour les reconnaître, cherchez
l'étoile... Elle vous guidera!

Éditions Harlequin

HARLEQUIN

LE FORUM DES LECTEURS ET LECTRICES

CHERS(ES) LECTEURS ET LECTRICES,

VOUS NOUS ETES FIDÈLES DEPUIS LONGTEMPS?

VOUS VENEZ DE FAIRE NOTRE CONNAISSANCE?

SI VOUS AVEZ DES COMMENTAIRES, DES CRITIQUES À
FORMULER, DES SUGGESTIONS À OFFRIR, N'HÉSITEZ
PAS... ÉCRIVEZ-NOUS À:
> LES ENTERPRISES HARLEQUIN LTÉE.
> 498 RUE ODILE
> FABREVILLE, LAVAL, QUÉBEC.
> H7R 5X1

C'EST AVEC VOS PRÉCIEUX COMMENTAIRES QUE NOUS
ALLONS POUVOIR MIEUX VOUS SERVIR.

DE PLUS, SI VOUS DÉSIREZ RECEVOIR UNE OU
PLUSIEURS DE VOS SÉRIES HARLEQUIN PRÉFÉRÉE(S)
À VOTRE DOMICILE, NE TARDEZ PAS À CONTACTER LE
SERVICE D'ABONNEMENT; EN APPELANT AU
(514) 875-4444 (RÉGION DE MONTRÉAL) OU 1-800-667-4444
(EXTÉRIEUR DE MONTRÉAL) OU TÉLÉCOPIEUR
(514) 523-4444 OU COURRIER ELECTRONIQUE:
AQCOURRIER@ABONNEMENT.QC.CA OU EN ÉCRIVANT À:
> ABONNEMENT QUÉBEC
> 525 RUE LOUIS-PASTEUR
> BOUCHERVILLE, QUÉBEC
> J4B 8E7

MERCI, À L'AVANCE, DE VOTRE COOPÉRATION.

BONNE LECTURE.

HARLEQUIN.

VOTRE PASSEPORT POUR LE MONDE DE L'AMOUR.

ROUGE PASSION

De fiévreuses histoires d'amour sensuelles!

De provocantes histoires d'amour passionnées et romantiques qu'on lit d'une seule traite. Aventureuses, parfois humoristiques, et sensuelles, elles mettent en vedette des hommes et des femmes d'aujourd'hui.

ROUGE PASSION... trois nouveaux titres chaque mois.

GEN-RP-R

HARLEQUIN

COLLECTION
ROUGE PASSION

- • Des héroïnes émancipées.
- • Des héros qui savent aimer.
- • Des situations modernes et réalistes.
- • Des histoires d'amour sensuelles et provocantes.

LAISSEZ-VOUS TENTER
par 3 titres irrésistibles
chaque mois.

RP-1-R

♉ ♊ ♋ ♌ ♎

69 L'ASTROLOGIE EN DIRECT ♒
TOUT AU LONG
DE L'ANNÉE.

(France métropolitaine uniquement)
Par téléphone 08.92.68.41.01
0,34 € la minute (Serveur JET MULTIMÉDIA).

· Composé et édité par les
éditions Harlequin
Achevé d'imprimer en janvier 2006

BUSSIÈRE
GROUPE CPI

à Saint-Amand-Montrond (Cher)
Dépôt légal : février 2006
N° d'imprimeur : 53100 — N° d'éditeur : 11907

Imprimé en France